CW01372095

DEMÜTIGUNG und REVOLTE

Ein Roman
von
Hans-Henning Klimpel

Bibliografische Information der Deutschen Nationalbibliothek: Die Deutsche Nationalbibliothek verzeichnet diese Publikation in der Deutschen Nationalbibliografie; detaillierte bibliografische Daten sind im Internet über http://dnb.dnb.de abrufbar.

Die automatisierte Analyse des Werkes, um daraus Informationen insbesondere über Muster, Trends und Korrelationen gemäß §44b UrhG („Text und Data Mining") zu gewinnen, ist untersagt.

© 2025 Hans-Henning Klimpel

Verlag: BoD · Books on Demand GmbH,
In de Tarpen 42, 22848 Norderstedt, bod@bod.de
Druck: Libri Plureos GmbH,
Friedensallee 273, 22763 Hamburg

ISBN: 978-3-7693-2577-5

Meiner Frau Heike
gewidmet

Inhaltsverzeichnis

Prolog.. 9

Teil I 11
1 Göttingen, Juli 2024 12
2 Bei Dransfeld, am gleichen Tag 16
3 Göttingen, am gleichen Tag 22
4 Bei Dransfeld, am nächsten Morgen 27
5 Göttingen, am folgenden Morgen 30
6 Bei Frau Dr. Eva Fürstenau 36
7 Nach Neuruppin 40
8 Lina in Bosau 44
9 Hamburg, in der Redaktion 55
10 Göttingen, Ende Juli 2024 58

Teil II 63
1 Im Harz, Sommer 2010 64
2 Göttingen, Herbst 2010 74
3 Begegnungen 77

Teil III 83
1 Göttingen, Anfang August 2024 84
2 Hamburg, August 2024 93
3 Göttingen, September 2024 98
4 Sprachnachricht aus Rom 101

Teil IV 105
  1 Petra 106
  2 Carlotta 110
  3 Unterschiede 115

Teil V 117
  1 Vor dem Prozess 118
  2 Der Prozess, Tag 1 122
  3 Nach Petras Eröffnung 135
  4 Verhandlungspause 138
  5 Fortsetzung der Verhandlung 142
  6 Eheleute Kuhl nach der 1. Verhandlung 150
  7 Post von Dr. Wuthenow 153
  8 Fortsetzung der Strafverhandlung 159
  9 Ein persönliches Desaster 172
 10 Das schriftliche Urteil 190
 11 Lina in Hamburg 194
 12 Gespräch mit Diana 197
 13 Carlotta nach dem Urteil 199
 14 Lina und Peter in Hamburg 201
 15 Anfang November 2024 205

Teil VI 209
Anhang, Brief an Irv Yalom 210

Teil VII 213
Disclaimer 214

Teil VIII 215
Anmerkungen, Quellen 216

Prolog

In den ruhigen Gewässern unserer gemeinsamen Welt verbergen sich hinter Worten von Freunden oder Bekannten mitunter unvorstellbare plötzliche Verletzungen. Eine Freundin von uns sieht ihre persönlichen Angriffe als ein harmloses Spiel an und tut so, als gäbe es darunter nichts Erhebliches. Sie will nicht einsehen, dass ihr Verhalten in der Vergangenheit ernsthafte Folgen gehabt haben könnte. Ihre Selbstliebe sinkt, wenn man das unangenehme Thema anspricht, und selbst bei freundlich gemeinten Bemerkungen reagiert sie oft übertrieben gereizt.
Einzig das unermüdliche Lob scheint sie zu erfreuen. Man muss sich in der Bewunderung für ihr Vergehen verlieren, so dass die Worte vor Ehrfurcht verstummen. Erst dann enthüllt sie ein Lächeln, so strahlend wie das einer sehr jungen Frau, der gerade ein umwerfendes Kompliment gesagt wurde, das sie für völlig wahr erachtet und das alle bisherigen um ein Vielfaches übertrifft. Doch dieses ernste Spiel muss beharrlich weitergetrieben werden, was die Gefahr mit sich bringt, dass unsere Freundin dessen gewahr wird, auch wenn dies seine Zeit beansprucht.
Und doch, über die Zeit hinweg, schleicht sich der Verdacht durch ihre Worte, dass unsere Anerkennungen nur auf Beschwichtigungen basieren, dass sich unsere

vorgegebene Bewunderung für sie nur aus ihrem Künstlertum speise, über die Unzulänglichkeiten ihres Charakters indessen von uns ein Schleier gelegt werde. Manche von uns protestieren dann gegen ihre aufkommende Skepsis mehr oder weniger beredt. Doch sie beharrt darauf, dass doch alles ganz harmlos gewesen sei. Zuweilen, völlig ohne Anlass, steigert sie sich in einen blinden Zorn gegen uns und in den Vorwurf, dass wir in Wahrheit an der Seite des Beleidigten stehen. Und sie prophezeit, dass einige von uns eines Tages die Seiten wechseln werden, hin zum Getäuschten, und ihm jene letzten Beweise liefern werden, die noch ausstehen. Der Verletzte, die große Gegenmacht unserer Freundin, scheint trotz der vielen inzwischen verstrichenen Jahre durchaus noch wirkmächtig. Andererseits spricht sie manchmal urplötzlich von dem von ihr Enttäuschten mit wechselndem Ton, jedoch voller Bedacht, als würde sie einsehen, dass Lieblosigkeit bereits Gewalt ist. Offensichtlich eine fragile Selbstberuhigung – ein mächtiges Dilemma.

Man weiß ja: Manchmal sind die größten Feinde nicht diejenigen, die uns von außen bedrohen, sondern die Dämonen, die wir in uns tragen. Und diese Dämonen lassen auch die Vergangenheit nicht ruhen; vielmehr verfolgt uns die Vergangenheit unabschüttelbar wie unser eigener Schatten und plötzlich holt uns die Vergangenheit ein. Zumeist verspätet erkennen wir dann: Nicht einmal, was unsere persönliche Vergangenheit ausmacht, sind wir Herr im eigenen Hause.

Teil I

1

Göttingen, Juli 2024

Seit dem zufälligen Treffen in der Stadt vor etwa drei Jahren hat der Mann Carlotta nicht mehr gesehen. Heute entdeckt er sie schon von Weitem in der Fußgängerzone der Stadt. Er sieht sportlich aus und wirkt deshalb jünger. Aber er ist ein älterer Mann. Das Erste, was er von ihr, außer ihrer kleinen fraulichen Gestalt, wahrnimmt, ist ihre außerordentlich breite und hohe Stirn, die im Schein des morgendlichen Sonnenlichts zu leuchten scheint. Umso mehr, da sie ihr kastanienbraunes Haarkleid entgegen ihren früheren Gewohnheiten nicht offen abfallend, vielmehr streng nach hinten gezogen in einem Zopf geknotet hält. Sie ist in einem Gespräch mit einem salopp gekleideten Mann begriffen, den der alte Mann auf über die fünfzig schätzt. So alt müsste wohl auch inzwischen Carlotta sein, denkt er.
Nahebei unterhalten sich zwei junge Frauen. Er kann nicht erkennen, ob ihre Tochter Petra Maria dabei ist. Er weiß freilich auch nicht, ob er Petra wiedererkennen würde. Es ist zu lange her, dass er sie zuletzt gesehen hat. Da war sie 14 oder 15. Jetzt müsste sie wohl 19 oder 20 sein. Wenn er seine Richtung nicht ändert, wird er der Gruppe begegnen. Er entschließt sich, nicht auszuweichen und Carlotta vielleicht ein Hallo zuzuwerfen.

Als er die Gruppe erreicht, bleibt er vor ihr stehen und schaut in Carlottas überraschtes Gesicht. Er bemerkt schon, wie sich ihr großer, geschwungener Mund zu einem abweisenden Grinsen öffnen will und zu den ihm seit dem letzten zufälligen Treffen gewohnten hohlen Fetzen irgendeiner nichtssagenden Floskel. Doch dazu kommt es nicht mehr. Mit seiner Rechten greift er unvermittelt ihr linkes Ohr und dreht es herum. Sie starrt ihn mit großen aufgerissenen Augen in einem bleichen Gesicht an, während sie zu schrumpfen scheint. Ihr Kopf beugt sich etwas rückwärts unter dem Griff seiner Hand. Ein Schrei will ihr entfahren, doch nur ein gurgelndes Geräusch dringt hervor.

Er fühlt sich in eine traumwandlerische Sphäre versetzt, in einen unendlichen Raum, in dem alles schwebt. Nur Carlotta und er selbst sind in diesem seltsamen Raum anwesend. Alles ist leicht und geschieht wie von selbst und so, wie es geschehen muss: unverhofft, unvorhersehbar, unaufhaltsam. Von oben betrachtet er verwundert ihr erschrockenes Gesicht, während sie in dem Versuch, sich freizustrampeln, hilflos mit den Armen fuchtelt. Er registriert ihre lächerlichen Gesten, die ihn kurz hilflos auflachen lassen. Da vernimmt er, wie von fern, sie etwas murmeln. Es hallt so merkwürdig und er versteht es nicht. Er vermeint, er habe seinen Griff längst gelöst.

Sie möchte ihm wohl etwas zuflüstern, so nähert er sein eines Ohr ihrem Mund. Versteht er die Worte richtig, die sie ihm zuraunt? Schlage mich! Er findet keinen Sinn in ihren Worten. Vielleicht hat er sich diese Worte nur vorgestellt, oder er hat sich verhört, oder er halluziniert. Offensichtlich hält er sie doch weiter an ihrem Ohr fest.

Er möchte sich mit ihr so in einem Kreis bewegen, sie leicht um sich herumführen wie in einem Tanz.
Plötzlich zerrt jemand an seinem Arm und ruft seinen Vornamen: Woldemar!
Er schaut zur Seite und erkennt eine junge, schlanke Frau. Er erkennt sie jetzt, es ist nur Maria, Carlottas Tochter, Petra Maria Kuhl, häufig nur Pitta genannt. Jahrelang hat er sie nicht mehr gesehen, und im nächsten Moment sieht er sie als das junge, zierliche Mädchen von einst, strahlend vor Freude und glücklich mit dem nagelneuen, mit allen Raffinessen ausgestatteten, gelbrot leuchtenden Schulranzen auf ihrem schmalen Rücken.
Als sie ihn erneut beim Vornamen ruft, erwacht er wie aus einem Taumel und lässt Carlotta los. Er richtet sich auf und wendet sich in einer Art von feierlicher Ruhe ab. Möglicherweise mag es an der Überraschung der umstehenden Passanten liegen, dass niemand den alten, elegant gekleideten Herrn daran hindert, seinen Weg fortzusetzen. Auch der Mann, mit dem Carlotta gesprochen hat, bleibt passiv. Dr. Wuthenow schreitet mit einer Aura leichten Triumphs voran, vielleicht sogar einem Anflug von Stolz, ja, es spiegelt sich auf seinem Antlitz eine seltsame Befriedigung wider.
Im Hintergrund verhallen Carlottas Klagen und ihr Geschimpfe ist nun begleitet von einem empörten Gemurmel von Passanten.
Ich habe es tun müssen, sinniert der alte Mann und vergegenwärtigt sich, was er getan hat. Er staunt, dass, obwohl ihm die weitreichenden beruflichen und gesellschaftlichen Konsequenzen seines Übergriffs bewusst werden, er sich weder schämt noch der zu erwartende gesellschaftliche Makel ihn anscheinend berührt.

Für einen flüchtigen Moment war ich nicht mehr ich, sondern wie ich es mir gewünscht habe, endlich ein anderer, jener andere, der auch schlecht sein kann und will, weil es notwendig ist, verzeichnet Wuthenow befriedigt in seinen Gedanken. Mögen andere Menschen von mir glauben, was sie wollen.
Er denkt zurück an das eigentliche Geschehnis. Da war so viel Sonderbares, so viel Überraschendes, so viele unverhoffte Eindrücke. Dieses Phänomen muss ich genauer analysieren, nimmt er sich vor, psychologisch wie auch philosophisch!
Und er hat auch schon eine Idee, wo er forschen sollte: in der modernen Ereignisphilosophie. Doch nicht jetzt, denn er muss zum Gericht. Die anstehende Verhandlung wird schwierig: Die Aussichten des Prozesses für seinen Mandanten sind, wie die bereits erfolgte erste Verhandlung gezeigt hat, vor dieser Spruchkammer eher schlecht. Nun gut, dann wird er eben ins Rechtsmittel gehen, und er verdrängt dabei, dass er womöglich bald seine Anwaltszulassung verlieren könnte.
Rechtsanwalt Dr. Woldemar Wuthenow eilt erstaunlicherweise trotz der trüben Aussichten zu dem Prozess vor dem Landgericht Göttingen.

2

Bei Dransfeld, am gleichen Tag

Carlotta Kuhl hatte sich rasch von dem ersten Schock erholt. Ärztliche Hilfe war nicht nötig. Passanten hatten die Polizei gerufen, die schnell zur Stelle war und den Vorfall protokollierte. Eigentlich cool, so im Mittelpunkt zu stehen, empfand Carlotta Kuhl. So blieb sie auch länger als nötig an Ort und Stelle und kostete das Interesse der Passanten aus. Erst auf Drängen ihrer Tochter fuhr sie zusammen mit ihr in ihrem PKW nach Hause. Wie telefonisch verabredet traf ihr Ehemann Detlef Kuhl fast gleichzeitig zu Hause ein. Sein verständnisvoller Vorgesetzter hatte ihn für den Rest des Tages vom Dienst freigestellt. Detlef Kuhl war höherer Beamter in der Kasseler Dependance des Bundeswehrbeschaffungsamtes, Abteilungsstab: Gebirgsjäger- und Feldjägerausstattungen. Ein solider Mann.
Carlottas Ohr schmerzte gar nicht mehr. Es war nur etwas gerötet. Es könnte sich aber wohl ein Hämatom bilden, hatte ein aus einer nahen Apotheke zu Hilfe eilender Mann bekundet und vorsorglich eine Salbe auf das Ohrläppchen aufgetragen sowie ein kleines Pflaster angebracht. Alle drei waren sichtlich aufgeregt. Carlotta wartete unruhig, ob sich ein Hämatom bilden würde. Das Vorgefallene hätte keiner von ihnen für möglich, nicht mal für denkbar gehalten. Pitta, das war Petras Spitzname, schilderte ihrem Vater die Einzelheiten.

Währenddessen rannte Carlotta vor den Spiegel im Badezimmer und öffnete ihr Haarkleid, das nun wellig und dicht bis zu ihren Schultern wogte und beide Ohren völlig verdeckte, sodass das Pflaster nicht mehr zu bemerken war. Sie hob aber das Pflaster etwas vom Ohr. Von einem Hämatom am Ohrläppchen war nichts zu sehen. Daraufhin kümmerte sie sich intensiv um ihr Make-up.
In der Küche brutzelte Detlef bereits eine ihrer mediterranen Lieblingsmahlzeiten, Poulet und Ratatouille mit Couscous. Petra holte aus der Kühlbox im Keller kühles Bier herauf. Sie füllte ihren Eltern die Gläser. Detlef und sie registrierten erleichtert, dass Carlotta ihre alten Lebensgeister zurückgewonnen zu haben schien.
Oh fein, freute sich die Mutter, ich habe echt großen Hunger und auch Durst auf Bier. So saßen die drei bald zusammen an dem großen, ovalen, aus Birkenholz gefertigten Esstisch. Sie ließen es sich schmecken. Ein Fremder konnte den Eindruck gewinnen, es wäre heute gar nichts Besonderes geschehen.
Das hätte ich ihm niemals zugetraut, äußerte sich Detlef nach den ersten Bissen bedeutungsschwer.
Dieses gemeine Schwein, schimpfte Carla, wie sie neben Lotte auch genannt wurde, den mache ich fertig!
Ihr werdet beide bald verantwortlich vernommen. Ich glaube, wir sollten einen Anwalt einschalten. Was meinst du, Mukel?, wandte sich Detlef an seine Frau.
Ja, Deddy, und ich werde ein saftiges Schmerzensgeld einklagen, erwiderte Carlotta triumphierend.
Nur Petra war stiller als sonst, was die Eltern aber nicht bemerkten.

Nach der Mahlzeit räumten alle den Tisch ab und die Küche auf. Petra verabschiedete sich bereits in ihr Zimmer mit den Worten: Ich muss noch für die Deutscharbeit morgen lernen.
Was denn?, fragten die Eltern enttäuscht, denn sie wollten gemeinsam mit ihr das Ereignis bereden und in der digitalen Welt verbreiten.
Iphigenie auf Tauris!
Ach, das, sagte Detlef, als ob er dieses klassische Drama und die griechische Mythologie von Goethe kannte. Schade!
Gleichzeitig aber waren die Eltern stolz, dass Petra so fleißig war.
Ach so, ja gut, erwiderte Carlotta, als sei ihr dieser literarische Klassiker ebenfalls wohlbekannt.
Die Eltern gingen ins Wohnzimmer und nahmen die Getränke mit.
Dann, wie auf stillschweigende Verabredung, ließ jeder den digitalen Wald rauschen, ob auf Facebook, X, WhatsApp oder Tele- oder Instagram und was es noch alles an elektronischen Medien gab. Alle Bekannten und Unbekannten, alle Freunde und Nichtfreunde wie selbstredend jeder Verwandte und Nichtverwandte wurden informiert, persönlich telefonisch oder unpersönlich. Ganz egal, die Nachricht musste unter die Leute, unter alle Hunderte oder gar Tausende Follower, denn beide waren optimal vernetzt. Carlotta noch mehr als Detlef. Allen wurde in dem besonderen Sound der digitalen Netzwerke der Skandal vermittelt:
Stellt euch vor, ich bin von dem Anwalt Wuthenow auf offener Straße misshandelt worden!

Carla wurde von einem ehemaligen Freund der Familie geschlagen!
Es ist etwas Unglaubliches geschehen!
Mein Ohr ist mir halb von einem Rechtsanwalt abgerissen worden.
Schaut euch das Foto an!
Die Wunde musste genäht werden, mit zig Stichen. Ich hätte beinahe mein Ohr verloren!
Ich kann alles bezeugen!
Ja, wir suchen uns jetzt den schärfsten Anwalt! Die Kosten sind uns egal.
Wir erledigen ihn!
Es hagelte sogleich neugierige und aufgeregte Nachfragen, die, soweit möglich, mit größter Freude zum Detail beantwortet wurden. Die allerbesten Ratschläge trafen auch sofort ein, ebenso schnell waren die geposteten Empörungen und die Hilfsangebote aus nah und fern. Das Telefon und die Handys sowie iPads standen nicht still.
Deddy unterhielt sich offenbar in einer Ringschalte. Carlotta skypte gerade und zoomte auf verschiedenen Geräten zugleich, während man sich die Getränke schmecken ließ und sich zuprostete.
Plötzlich schrie Calotta freudig auf: Muckel, ich hab hier einen von der Presse an der Strippe! Ach, toll, es ist Gottlieb!
Das ist ja wunderbar, perfekt!, rief Detlef begeistert.
Du, ich mach uns einen Martini.
Ja, bitte blanc tout froid!
Carlotta vernahm von dem Journalisten, dass gerade der Polizeireport in der Redaktion eingegangen sei. Und

atemlos, ihre Stimme überschlug sich fast, schilderte sie Gottlieb den gemeinen Überfall in allen Einzelheiten.
Und Gottlieb, vergiss das nicht, ihr müsst den Namen des Täters nennen. Es ist Rechtsanwalt Dr. Woldemar Wuthenow.
Was? Wirklich, der? Das gibt es doch gar nicht! Der gilt als absolut seriös!
Doch, Gottlieb, der ist es. Unglaublich, was? Du, der wird doch jetzt seine Konzession los, oder?
Deddy überreichte ihr das Glas mit dem Martini. Carla hatte den Lautsprecher eingeschaltet, sodass Detlef gespannt mithörte, was Gottlieb vermeldete.
Das ist gefährliche oder schwere Körperverletzung, nämlich mittels eines hinterlistigen Überfalls begangen. Das kann den hinter Gitter bringen!
Ja, ja!, kreischte Carlotta euphorisch, und die Eheleute klatschten einander ab.
Detlef schob eine Helene-Fischer-CD ein und der Bildschirm des TV, der noch riesiger schien als das die ganze Wand einnehmende Bücherregal bei den Wuthenows, leuchtete auf und bot die jüngste Liveshow der Künstlerin als Aufzeichnung. Ein Konzert, an dem die ganze Familie teilgenommen hatte und das auf den teuersten Plätzen. Sie kannten den gesamten Text des Songs, den die Künstlerin gerade performte. Beide sangen begeistert mit.
„Wir haben es in der Hand ..."
Carlotta hielt es nicht mehr auf der Couch. Sie sprang auf, wiegte sich zu der Musik und drehte sich im Tanz und sang mit ihrer angenehmen Sopranstimme, während ihr Mann begeistert den Takt mitklatschte.

Es folgte ihr Lieblingssong: „Außer Atem." Carlotta tanzte weiter wie im Rausch. Auf einmal, keiner, auch nicht ihr Mann Detlef, hätte es ihr mit Blick auf ihre gelind pummelige Figur zugetraut, bog sie den Oberkörper plötzlich nach vorn und hob ruckartig ihre Arme nach oben, während sie sich mit einem Bein vollständig vom Boden löste, um sich schließlich in einer zweifachen Pirouette zu drehen, was man beim Eiskunstlauf als den doppelten Lutz hätte bezeichnen können. Detlef lachte lauthals vergnügt und zollte begeistert Beifall, bis Carla erschöpft in die Polster sank. Doch der Tag war noch nicht zu Ende, jedenfalls nicht für Carlotta. Sie rief ihre beste Freundin in Rom an, mit der sie schon oft zusammen Projekte produziert hatte und die auch Woldemar Wuthenow persönlich kennen und schätzen gelernt hatte. Dr. Wuthenow hatte ihr einmal aus einer argen Klemme geholfen, man kann sagen, es war um sehr viel gegangen. Nun zog sich Carlotta mit ihrem Handy in ihre Gemächer zurück, denn das folgende Gespräch mit Fiorella würde wohl sehr lange geführt werden. Letzteres erwies sich aber als Irrtum, da Fiorella leider beruflich sehr beschäftigt war. Detlef nuckelte zufrieden an seiner Flasche Bier.

3
Göttingen, am gleichen Tag

Wer wie Woldemar Wuthenow als Prozessanwalt auf dem riesigen Gebiet des Zivilrechts aktiv ist, muss sich gewisser Absurditäten bewusst sein: Wer sich aufgrund seiner Erfahrungen sicher ist und den gänzlichen Gewinn fordert, solange er dies auch moralisch als gerechtfertigt erachtet, kann gegenüber Gericht und Gegner konziliant verhandeln. Er kann Entgegenkommen in Nebensächlichkeiten zeigen und auf prozessuale Finessen verzichten, sich gewissermaßen innerlich zurücklehnen, besonders, wenn sich vor Gericht aufgrund der Äußerungen des Gerichts schon gezeigt hat, dass seine Sache gut steht.
Wer dagegen den Vergleich will, einen Friedensschluss, weil die Sache eher schlecht steht, muss hart bis kämpferisch verhandeln. Er muss bis in die Haarspitzen hinein konzentriert sein und darf sich in der Verhandlung vor Gericht nichts entgehen lassen. Er muss Umwege gehen können und lästig werden. Er muss die Sicherheit ausstrahlen, dass sich seine Rechtsposition in der Rechtsmittelinstanz durchsetzen wird. Das sollte er auch anklingen lassen.
Er muss die Dynamik eines Prozesses lesen und ausnutzen können. Er braucht daher gehörige Willenskraft und darüber hinaus prozesstaktische Phantasie. Wenn nämlich die

andere Partei keinen Kompromiss anstrebt, nichts als ihr Recht fordert und ihr Anwalt kampfeslustig ist, bewirkt das Bekenntnis zur eigenen Vergleichsbereitschaft genau das Gegenteil des Erstrebten. Friedensbekundungen sind hier fehl am Platz, weil diese den Übermut der Gegenseite fördern, sie auf dem Streit beharren und auf eine gerichtliche Entscheidung in der Überzeugung drängen, auf der ganzen Linie Recht zu erhalten.
All das hat Wuthenow in seinem letzten Schriftsatz in dem anstehenden Prozess wohl bedacht und ideenreiche juristische Feinarbeit zu Papier gebracht.
Während die Eheleute Kuhl zu Hause ihre beabsichtigte Strafanzeige gegen ihn bereits ausgiebig feiern, erlebt Rechtsanwalt Wuthenow vor dem Landgericht in seinem Erbrechtsstreit eine angenehme Überraschung. Die vorsitzende Richterin, mit der er noch in der ersten Verhandlung ein kontroverses Rechtsgespräch geführt hat, ist möglicherweise aufgrund seines letzten Schriftsatzes unerwartet umgeschwenkt. Praktisch gesteht sie gewissermaßen zwischen den Zeilen ein, dass sie nunmehr eher seiner Argumentation zuneigt oder aber die
beiden Beisitzer haben sie im Zuge der gerichtlichen Beratung zu einem Wechsel ihrer vorläufigen Beurteilung bewegt. An der Mimik der beiden Beisitzer und der Verhandlungsführung der Vorsitzenden kann er den für seinen Mandanten positiven Ausgang des Rechtsstreites ablesen. Sein anwesender Mandant will etwas sagen, doch Wuthenow bedeutet ihm aus guten Gründen beflissen, sich unbedingt zurückzuhalten. Denn das Wort hat der Gegenanwalt, den er natürlich kennt und den er auch schätzt, der sich, wie es seine Aufgabe ist, nun mächtig

ins Zeug legt und praktisch bereits ein sehr ordentliches Plädoyer hält.

Doch Dr. Wuthenow kann nun gelassen bleiben, der Verlauf der Sitzung ist für ihn eindeutig. Als Wuthenow selbst das Wort hat, verweist er nur auf seinen letzten Schriftsatz, den er selbst für juristisch gelungen erachtet und den er, wie meist, mit berühmten Zitaten aus der Literatur und auch mit kleinen Anekdoten gewürzt hat, gewissermaßen zur Auflockerung des trockenen Prozessstoffes.

Die schriftsätzlich angekündigten Klageanträge werden gestellt. Das Gericht verkündet einen Entscheidungstermin. Damit ist die Verhandlung geschlossen.

Alles gut, flüstert er zu seinem Mandanten, der es noch gar nicht glauben kann, sich aber von der Gewissheit seines Anwaltes gern anstecken lässt. Im Gerichtsflur instruiert Wuthenow seinen Mandanten, wie es weitergeht. Dieser bedankt sich überschwänglich.

Die Verhandlung hat weit kürzer gedauert als von ihm angenommen. Wuthenow schlendert zurück ins Zentrum der Stadt und setzt sich in ein Straßencafé. Er bestellt einen Cappuccino und zündet sich eine Zigarette an. Er möchte nachdenken. Sollte er sich auf den Weg zur Polizei machen und sich stellen? Er verwirft den Gedanken. Sollen die Dinge doch besser auf ihn zukommen. Natürlich weiß er schon ziemlich genau, wie er sich im Falle einer Strafanzeige von Carlotta, von der er als sicher ausgeht, verhalten wird.

Auf einmal steht eine Kollegin vor ihm. Typ adrett gekleidet und unaufdringlich, eine schlanke, aparte Erscheinung, beruflich sehr engagiert, das weiß er. Alter: Mitte 40. Sie sind einander bekannt. Ob sie Platz nehmen dürfe? Eigentlich will er ja kontemplativ sein, aber es wäre unhöflich, nein zu sagen.

Bitte, gern, Sieglinde!

Es entwickelt sich eine entspannte Plauderei. Wenn diese Kollegin wüsste, was er heute verbrochen hat, denkt er. Noch weiß sie es aber nicht. Aber morgen schon wird sie es erfahren, weil es in Juristenkreisen schnell die Runde machen wird. Ob sie dann noch mit ihm sprechen wird? Er könnte es ihr ja jetzt sofort erzählen. Es könnte spannend sein, wie sie dann reagiert, denkt Wuthenow. Aber das unterlässt er dann doch.

Er bemerkt, dass die Anwältin ihn nachdenklich, aber freundlich betrachtet. Sie möchte wohl irgendetwas loswerden, ist jedoch unschlüssig, ob sie es ihm sagen soll. Ihre prüfenden, ruhigen Blicke sind ihm nicht unangenehm. Jetzt streicht sie die eine Seite ihres schulterlangen blonden Haares anmutig zurück. Diese weibliche Geste gefällt ihm. Vielleicht hat sie dies bemerkt und den Mut gefasst, ihm eine persönliche Frage zu stellen.

Darf ich Sie um einen persönlichen Rat bitten, Herr Dr. Wuthenow?

Ihre Stimme klingt bedeutungsschwer. Es scheint sich um keine juristische Frage zu handeln.

Er bejaht natürlich.

Sie erläutert den Hintergrund. Sie hat einen bereits jahrelangen Beratungsvertrag mit einer mittelständischen Firma. Der Geschäftsführer und Hauptgesellschafter dieser Firma hat ihr den Vorschlag unterbreitet, ihre Kanzlei in die exklusiven Räumlichkeiten dieser Firma zu verlegen. Sie ist sich unschlüssig, ob sie dieses Angebot annehmen soll und möchte seine Entscheidungshilfe hören. Wuthenow

kennt diese Konstellation genau. Derartiges ist ihm ebenfalls vor Jahren angetragen worden und er hat das Angebot nach sehr reiflicher Überlegung abgelehnt.
Er stellt unumwunden eine Gegenfrage: Warum sind Sie Anwältin geworden, Sieglinde?
Mein Ziel war, alsbald unabhängig zu werden. Das habe ich dann auch nach etwa drei Jahren im Anstellungsverhältnis schließlich umsetzen können. Seitdem arbeite ich allein mit zwei Mitarbeiterinnen.
Ich gratuliere! Dann kennen Sie meinen Rat!
Das heißt also, besser ablehnen?
Aber ja doch, unbedingt!
Sie erhebt sich und auch Wuthenow steht auf. Sie verabschieden sich mit einer schüchternen, von Seiten der Anwältin dankbaren Umarmung.
Zu Hause erzählt Woldemar Wuthenow seiner Frau Diana zunächst nichts von dem Vorfall. Er will es auf den nächsten Tag verschieben. Allerdings fühlt er sich etwas angespannt. Bekanntlich hat alles seinen Preis, das weiß er ja. Vielleicht ist es gut, dass alles seinen Preis hat, denkt er. Er wird diesen Preis bezahlen – genauso wie Carlotta ihren Preis bezahlen muss. Nur er kennt seinen Preis, während sie ihren Preis noch nicht kennen konnte, und es wohl auch niemanden gibt, der ihn ihr würde bezeichnen können.

4

Bei Dransfeld, am nächsten Morgen

Carlotta Kuhl war am nächsten Morgen spät aufgewacht, da sie die halbe Nacht mit Freunden telefoniert und dann einen unruhigen Schlaf gehabt hatte. So verkatert sie auch sein mochte, ihr erster konzentrierter Blick richtete sich auf ihr Tablet. Oh, rief sie freudig aus, das scheinen ja Hunderte von Antworten, Nachrichten und Kommentaren zu sein. Die würde sie nachher studieren.
Die Notiz in der Zeitung suchte und fand sie sogleich. Es enttäuschte sie, dass keine Namen oder irgendwelche Hinweise auf sie bzw. Wuthenow gegeben wurden. Aber das würde sie bestimmt über Gottlieb lancieren können, dafür würde sie schon noch sorgen.
Sie war allein zu Hause. Detlef war wie immer früh zur Arbeit, und Petra hatte sich selbst versorgt und war mit dem Bus ins Gymnasium gefahren. Nach ihrer Morgentoilette genoss Carlotta das Frühstück und besonders den Kaffee, was diesmal alles Petra für sie vorbereitet hatte. Dann trieb sie die Neugier an, alle weiteren Reaktionen im Netz zu studieren. Mit dem, was sie vorfand, war sie sehr zufrieden. Dieser Rummel konnte ihr für ihre schriftstellerischen Ambitionen ja nur recht sein. Versonnen lächelte sie vor sich hin. Viele der Stimmen von

guten Freunden oder Verwandten würde sie natürlich beantworten müssen.

Nun ja, manche im Netz, die sie näher kannten und auch ihre früheren Verbindungen zu Wuthenow, spekulierten natürlich über das Motiv seines Angriffs. Sie brachten seine Übeltat ganz offen mit dem damaligen plötzlichen Zerwürfnis in Verbindung. Aber das war ja ganz harmlos. Wie lange war das denn eigentlich her? Ach ja, das war am 15. Geburtstag von Petra gewesen. Vor zig Jahren also. So ein Idiot! Hatte am Tag des Geburtstags von Petra morgens die Einladung zur Geburtstagsfeier beleidigt abgesagt. Damit war die Freundschaft der Familien beendet gewesen. Dabei war doch alles ganz harmlos. Und jetzt dieser Überfall – das Verhalten konnte man gut und gerne psychopathisch nennen. Hatte sich nicht in der Gewalt, der Typ, geradezu selbstzerstörerisch, wenn man seinen beruflichen Werdegang und auch seinen tadellosen Ruf betrachtete. Wolle, Wolle, so hatten sie ihn damals genannt, das hast du nicht umsonst gemacht. Das wird dir noch leidtun! Dafür werde ich sorgen. Ich werde einen Anwalt nehmen, einen ganz scharfen deiner Gilde, murmelte Carlotta vor sich hin. Warte, da war doch einer, mit dem er in Feindschaft lebte. Wie hieß der denn noch mal? Der käme natürlich in Betracht. Einer, der ihm beim bloßen Anblick den Zorn ins Gesicht jagte und ihn bis zur Weißglut zu reizen verstand. Das war es doch! Was für eine ausgezeichnete Idee. Das musste sie mit Detlef bereden.

Carlotta Kuhl war eine energiegeladene Frau Anfang 50, die mit einer jugendlichen Ausstrahlung glänzte. Ihre hohe und auffällige Stirn rief oft die Neugier der Menschen hervor. Ihr kastanienbraunes Haar ließ sie meistens offen; schwungvolle Locken umrahmten ihr ovales Gesicht, doch an besonderen Anlässen band sie es zu einem eleganten Chignon. Ihre mandelförmigen, grünlich-grauen Augen waren lebhaft und strahlend und wurden von dichten, natürlichen Wimpern umrahmt. Ihre Augenbrauen waren dezent betont, was ihrem Gesicht eine gewisse Tiefe verlieh. Ihr breiter Mund war häufig mit einem sanften Lächeln umspielt, und ihre tadellosen Zähne waren sichtbar, wenn sie lachte. Sie war eher kleinerer Gestalt und ein wenig füllig und trug dies mit Stolz und Stil. Sie war eine selbstbewusste Frau und inzwischen eine erfolgreiche Schriftstellerin.

Ihre Karriere begann, als sie den fast 30 Jahre älteren Rechtsanwalt und Notar Dr. Woldemar Wuthenow kennenlernte. Das war ja eine Ewigkeit her, rätselte Carlotta über das vorgefallene Geschehnis.

5
Göttingen, am folgenden Morgen

Am folgenden Morgen sprang Wuthenow früh aus dem Bett, streifte eilig seinen geliebten Morgenrock aus blauem Samtimitat über und eilte zum Briefkasten, um die Tageszeitung zu holen. Im Stillen hoffte er, gar keine Notiz aufzufinden. Aufgeregt durchblätterte er noch im Stehen die Zeitung. Seine Hoffnung erwies sich schnell als Illusion. Auf Blatt 3 fand sich die ihn inkriminierende kurze Polizeinotiz. Der Artikel war wenigstens erfreulich sachlich.

```
Mann misshandelt Frau
Gestern Abend hat ein Mann Mitte 70
eine Frau, 52, in der Fußgängerzone
angegriffen und verletzt. Die Frau
erlitt ein Hämatom am Ohr und einen
Schock. Sie musste notversorgt werden.
Über die Motive des Mannes ist nichts
bekannt. Die Ermittlungen laufen.
```

Schön anonymisiert, aber die halbe Stadt würde spätestens am Abend wissen, dass er selbst der Übeltäter war. Dafür würde Familie Kuhl schon sorgen. Er legte die Zeitung seiner Frau, die noch nicht aufgestanden war, an ihren gewohnten Stammplatz auf den Esstisch. Diana würde ihm gewiss schwere Vorwürfe machen und sich sorgen. Auch das war eben Bestandteil des Preises, den er zahlen musste. Er legte sich zurecht, was er ihr erklären könnte:

Diana, du weißt doch, was sie getan hat. Du kennst doch die Wahrheit der Dinge. Ihre schändlichen Sprachnachrichten sind einem kranken Hirn entsprungen.

Ja, das wusste seine Frau. Sie hatte damals, nach Empfang von Carlottas Sprachnachrichten, spontan ausgerufen: Jetzt ist sie verrückt geworden!
Und er hatte sofort seine Einladung zu Petras Geburtstag abgesagt, was natürlich einen Protest beinhaltete. Statt einzulenken, kam am nächsten Tag Carlottas zweite gemeine Sprachnachricht an Dianas Handy.

Ja, ja, aber Woldemar, um Gottes willen, wie peinlich ist das denn? Du hast dich strafbar gemacht! Und deine Zulassung ist in Gefahr. Bist du verrückt geworden?
Nein, bin ich nicht. Nur Mut, mein Schatz! Halte weiter zu mir. Weißt du, es war notwendig.

So ähnlich würde er antworten und seine Frau zu beschwichtigen versuchen. Und doch, sie käme sicherlich auf den entscheidenden Punkt zu sprechen: *Woldemar, warum hast du das getan, nach so vielen Jahren?*
Aber wie sollte er ihr das erklären, was bei Lichte besehen doch wohl nur ein beschlagener Psychologe, nein, eher ein Analytiker, würde erklären können? Denn ohne Zweifel, Carlottas Verletzungen hatten ihn verstört, sich von Tag zu Tag aufs Neue in ihn gebohrt, Pfahl im Fleische über all die Jahre. Weil er es nicht für möglich gehalten hatte,

dass sie ihn wegen seines Alters verspotten, ja, verhöhnen könnte. Kein Zweifel, ihr Verhalten hatte ihn traumatisiert. Er hatte es nie verstanden. Für ihn war es Verrat an ihrer jahrelangen Freundschaft, den er nicht verwinden konnte. Wie auch?
Und um diese Seelenpein abzuschütteln, hatte er sie nun angegriffen und sie möglicherweise demütigen wollen. Diana, kannst du das denn nicht verstehen? Es war in gewisser Weise Notwehr.
Wuthenow wollte sich nicht mehr ins Bett legen. Er machte seine Morgentoilette und zog sich an. Dann setzte er sich an seinen Schreibtisch, um eine E-Mail an den berühmten Schriftsteller Irvin Yalom zu entwerfen, dessen Bücher er wohl inzwischen fast alle mit großem Interesse gelesen hatte – bis ihm das Buch mit dem deutschen Titel in die Hände gefallen war: „Was Hemingway von Freud hätte lernen können."[1] Der Inhalt dieses Buches, genauer dieses Essays über Hemingway regte ihn auf, weil der Autor darin Hemingways Charakter und insbesondere dessen Freitod geißelte. Das wollte Wuthenow nicht unwidersprochen so stehen lassen. Er empfand den Inhalt als skandalös, ja, verhöhnend. Und das von einem Psychiater, der, freilich viele Jahrzehnte später, seiner tapferen Ehefrau Sterbehilfe geleistet hatte. Nein, diese Angriffe gegen Hemingway, einem seiner Lieblingsschriftsteller, wollte und musste er entschieden widersprechen.
Diana war gegen 8 Uhr aufgestanden und lobte seinen frühen Arbeitseifer. Sie bereitete ein Frühstück. Kaffee hatte er sich schon selbst gebrüht. Er setzte seine Arbeit noch etwas fort, da er gerade bezüglich Hemingway einen formidablen Gedanken verfolgte. War es nicht so, dass er

einer der ersten Existenzialisten hätte sein können? Dafür konnte sprechen, dass er keiner Ideologie angehangen hatte. Aber dann rief Diana ihn schon zum Frühstück, und Wuthenow erhob sich mit dem Gedanken, dass er das, was nun alsbald folgen würde, eben schlicht durchstehen müsste.
Und richtig, schon während des Frühstücks warf Diana kurze Blicke in die Tageszeitung. Es dauerte gar nicht lange, da meldete sie sich zu Wort.
Woldemar, hör mal, was in der Zeitung steht, gleich Seite drei. Polizeibericht: Ein Mann Mitte 70 misshandelt eine 52-jährige Frau in der Fußgängerzone. Und das am helllichten Tag! Ich sage dir, man ist wirklich nirgendwo mehr sicher.
Da stand Woldemar Wuthenow etwas schwerfällig auf und näherte sich seiner Frau. Er unternahm zwar noch einen halbherzigen Ablenkungsversuch, indem er sich ärgerlich über diesen Yalom zeigte, wohlwissend, dass er letztlich mit der Wahrheit doch nicht hinter dem Berg halten könne.
Weißt du, Diana, dieser Irvin Yalom hat ein besonders tolles Buch geschrieben; du kennst es ja auch – ich meine „Und Nietzsche weinte" – und jetzt habe ich dieses Entsetzliche von ihm gelesen. Anders kann ich es wirklich nicht bezeichnen. Es nennt sich „Was Hemingway von Freud hätte lernen können."[1]
Als ob nicht viele, einschließlich Freud, von Hem etwas hätten lernen können!
So, was meinst du denn, Woldemar?
Ja, soll ich es dir wirklich vorlesen, diese Gemeinheit, was dieser Mensch Yalom Niederträchtiges über das Ende von

Papa Hem in diesem Machwerk sagt? Da sträubt sich alles in mir, Liebes. Da dreht es mir den Magen um. Es ist so verletzend, Diana.
Ja, so lies es mir doch einfach vor.
Da ging Wuthenow das Buch von seinem Schreibtisch holen. Es dauerte, bis er die gemeinte Passage fand.
Hier hab ich es, so hör dir dies mal an: „... Am Ende betrachtete Hemingway seinen Körper und sein Leben als ein Gefängnis der Verzweiflung, aus dem es nur einen Ausweg gab – und dieser Ausweg, der Selbstmord, war der unehrenhafteste von allen."[2]
Diana war über den letzten Halbsatz auch tief betroffen. Nein, das verstehe ich auch nicht, wie man so etwas schreiben kann! Woldemar, es entsetzt mich genauso wie dich! Und es ist gut, dass du ihm schreiben willst, wie du sagtest. Dein vollauf begründeter Zorn muss rauskommen aus dir! Liebling, ja, bitte, und dann tröste mich, wie du es nur kannst. Und jetzt, da Diana ihm so zugetan war, überwand Wuthenow sich, seiner Frau die Wahrheit zu sagen: Liebe Diana, ich muss dir etwas anderes gestehen. Du musst keine Sorge deswegen haben. Aber dieser Mann in der Zeitung, der angeblich Mitte 70-Jährige, das bin ich. Ich konnte nicht anders. Es tut mir sehr leid für dich, aber es war notwendig für mich.
Es war, als hätte ein Blitz in das Haus eingeschlagen. Diana verschüttete den Kaffee, den sie sich gerade zum Mund führen wollte, aber sagen konnte sie nichts. Sie schaute ihn wie erstarrt an und konnte nichts sagen. Er setzte sich neben sie, nahm ihre Hände in die seinen, ließ sie schließlich los, um sie zu umarmen und seinen Kopf an ihren anzulehnen.

Höre bitte, Diana, wir fahren morgen in einen Kurzurlaub in unsere Heimat. Ich bereite alles vor! Im Übrigen, du kannst ganz sicher sein, ich bringe das alles in Ordnung.
Und wirklich, dies erwies sich als der richtige Weg, seine Frau augenblicklich zu besänftigen.
Ja, Woldemar, ich will dir glauben. Lass uns wegfahren. Du musst vorher aber noch Eva informieren. Du kannst sie nicht übergehen. Das musst du heute noch tun! Ich melde dich an!
Eva, Frau Dr. Eva Fürstenau, war Dianas Nichte. Sie wohnte ebenfalls im bevorzugten Ostviertel der Stadt und war Woldemars Psychotherapeutin, die er unregelmäßig wegen der Folgen von Carlottas Verletzungen konsultiert hatte. Natürlich, das mache ich, meine Liebe!

6

Bei Frau Dr. Eva Fürstenau

Wie konntest du dich so vergessen, Woldemar?
Ein Hauch von Besorgnis, vielleicht auch Enttäuschung, schwang in der Stimme von Frau Dr. Eva Fürstenau, Psychoanalytikerin und Psychotherapeutin, als sie Woldemar Wuthenow anschaute. Er hatte sie seit dem Vorfall mit Carlotta vor Jahren unregelmäßig konsultiert, nachdem sich gezeigt hatte, dass die damals erlittenen Wunden entgegen dem Sprichwort keineswegs mit der Zeit verheilt waren.
Ich verstehe es selbst nicht, Eva. Irgendetwas lag in Carlottas Blick. Sie verzog ihren Mund herablassend – oder vielleicht bildete ich mir das nur ein? Irgendein positives Zeichen in ihrem Gesicht, das ich so erhofft hatte, hätte ich mir gewünscht. Es war aber so, als würde eine fremde Macht meinen Arm und meine Hand führen.
Eva sah ihn besorgt an.
Woldemar sprach die Worte bedächtig, so wie er annahm, dass man es in einer Situation tun würde, die von Rätseln und unerklärlichen Gefühlen geprägt war. Er konnte nur hoffen, dass seine Psychologin ihm Glauben schenkte. Es würde ihm genügen, wenn sie in Ungewissheit blieb, im Zweifel, oder einfach die wirkliche Wahrheit nicht erfuhr – zumindest nicht jetzt. Denn seine Schilderung schien

ihm weder ganz wahr noch völlig unwahr, doch gaukelte sie eine Betroffenheit vor, die in Wirklichkeit nicht oder nicht so stark bestand.

Natürlich bedauerte er, dass er seiner Psychologin nicht die vollständige Wahrheit mitteilen vermochte. Sein Bedauern war echt, aus tiefstem Inneren strömend, wodurch seine Worte wahrhaftig klangen und die Wirklichkeit überdeckten – die Tatsache, dass sein Arm keineswegs von einer fremden Macht zwanghaft geführt worden war, wie er es hätte nennen können, sondern dass er mit voller Absicht gehandelt hatte.

Es war kein Blackout, kein impulsives Ausrasten, sondern ein überlegter Übergriff, ein vorsätzlicher Akt. Er hatte Carlotta demütigen wollen, jedoch nicht, um sie nachhaltig zu verletzen. Diese Wahrheit durfte jedoch im Angesicht des bevorstehenden Strafprozesses niemand erfahren. Denn im Rahmen seiner möglichen Bestrafung und eines Disziplinarverfahrens gab es einen entscheidenden Unterschied: Ob seine Tat als einfache Körperverletzung oder als eine geplante, gefährliche Körperverletzung eingestuft würde.

Die einzige Person, die die volle Wahrheit erfahren durfte, war seine Frau Diana. Ihr würde er nichts verschweigen. Er würde ihr seine Beweggründe darlegen und sein Kalkül erklären. Sie würde schließlich verstehen, dass es nicht Rachegefühle waren, die ihn antrieben, sondern ein Akt seelischer Selbsthilfe, ein notwendiger Widerstand, eine psychische Notwehr, die er ausüben musste.

Auch Eva würde ihn letztlich verstehen. Sie würde ihn niemals fallen lassen. Das wusste Wuthenow. Er wollte sich ihr aber erst nach Abschluss des Strafverfahrens vollständig offenbaren.

Für einen kurzen Augenblick, als Eva ihn fragte, wie er sich nach der Tat fühlte, überkam ihn der Gedanke, dass sie seine wahren Beweggründe ahnen, mindestens in Betracht ziehen dürfte. Es war ihm bewusst, dass Eva die erhebliche strafrechtliche Unterscheidung nicht interessierte, sondern sie allein seine seelische Verfassung berührte. Sollte ihre Therapie und ihr Bemühen um ihn Sinn machen, so war er aufgerufen, ihre Fragen wahrheitsgemäß zu beantworten.
Ja, eigenartigerweise fühlte ich mich nach diesem Übergriff besser, Eva!, antwortete er auf ihre Frage.
Anhaltend besser?
Ja, ich fühle mich irgendwie befreiter.
Trotz der Peinlichkeiten, trotz der öffentlichen Schelte, trotz des zu erwartenden Shitstorms gegen dich und trotz des Strafverfahrens?
Ja, seltsamerweise trotzdem, Eva.
Dann ist es eindeutig, Woldemar. Dein Anfall könnte tatsächlich eine beträchtliche heilende Wirkung entfaltet haben. Es ist wichtig, die ausgelöste Dynamik genau zu verfolgen. Es gibt in deinem Fall sehr spezifische tiefenpsychologische Aspekte, denen wir uns widmen sollten. Aber wir sollten die Entwicklung abwarten.
Ja, natürlich.
Woldemar, es wäre wohl das Beste, wenn du dich für eine Weile unerreichbar machst – wie denkst du darüber?
Ja, das ist wohl besser. Diana und ich fahren morgen für 10 Tage in den Urlaub.
Gut, melde dich bitte, wenn du zurück bist. Wir vereinbaren dann telefonisch einen neuen Besprechungstermin. Ich möchte die neue Entwicklung bedenken und darüber

nachdenken, welche Folgerungen sich ergeben. Darüber müssen wir uns dann austauschen.
Ja, natürlich.
Du wirst Hatespeech in den Medien und im Netz ausgesetzt sein. Kommst du damit zurecht?
Ich kümmere mich nicht darum. Leider kann ich meinen E-Mail-Account nicht abstellen.
Sperre konsequent die Absender.
Das tue ich bereits. Aber es kann natürlich umgangen werden. Ich danke dir, Eva. Sie umarmten und verabschiedeten sich. Woldemar erlebte das Treffen, als würde er an der Schwelle zu einer neuen Phase seines Lebens stehen.

7
Nach Neuruppin

Am Tag nach seiner Beichte gegenüber Diana waren die Wuthenows aus Göttingen verschwunden. Es war mit Sicherheit der beste Entschluss, den Woldemar Wuthenow fassen konnte, um seine Gattin Diana zu trösten und ihre Seele zu erheitern. Er sagte alle Termine für die kommenden zehn Tage ab und sorgte dafür, dass eine Vertretung für die bevorstehenden Gerichtstermine bereitstand. So machten sie sich, Hand in Hand, auf den Weg in ihre geliebte Heimat, ins malerische Bundesland Brandenburg, zu den Ufern des Ruppiner Sees, in das Fontaine-Land, wo ihre Kindheit verwurzelt war.

Woldemar hatte eigens für diese Reise einen komfortablen fahrbaren Untersatz organisiert und ein formidables Hotel direkt am glitzernden See gebucht. Schlagartig schien ihm nichts mehr zu kostspielig. Und tatsächlich: Die beabsichtigte, wohlwollende Wirkung auf Diana trat umgehend ein. Sämtliche Sorgenfalten schienen wie von Zauberhand aus ihrem Angesicht zu weichen, ersetzt durch die Vorfreude auf die bevorstehende Reise in das vertraute Land ihrer Kindheit.

Woldemar gab sich seiner Frau gegenüber als das vollendete Sinnbild der Liebenswürdigkeit und vermochte es, ihr die Furcht vor drohenden, unübersehbaren juristischen oder beruflichen Konsequenzen zu nehmen

Dianachen, das habe ich doch alles fest im Griff! Keine Sorge! Ich habe doch nur im Affekt gehandelt. Höchstens ein Verweis von meiner Berufskammer, das ist ein Kinderspielchen, mein Herz!
Aber das Strafurteil, Woldemar!
Nur eine kleine Geldbuße, Diana.
Diese Verharmlosung war ihm wohl bewusst, doch anderen Menschen Sorgen zu nehmen – natürlich nicht lediglich verbal, sondern auch durch sein angemessenes, kluges Verhalten – war einerseits durchaus sein Metier und andererseits wollte er seiner geliebten Frau einen unbeschwerten, zauberhaften Urlaub ermöglichen.
Und Diana war nur allzu willig, ihm zu glauben. Vor ihnen lagen einige frohe Tage in strahlendem Sommerwetter, umgeben von der herrlichen Seenlandschaft ihrer Heimat, in der sich knorrige Kiefernwälder mit langen Alleen aus Pappeln, Kastanien, Linden, Eichen und Buchen abwechselten, die sich wie riesige pflanzliche Dome über ihnen wiegen würden. Durch diese Alleen würden sie träumerisch hindurchgleiten, begleitet von den verzaubernden Klängen der Bachschen Goldberg-Variationen. Gewiss würde der geheimnisvolle Stechlin auf ihrem Weg liegen, ebenso wie das prächtige Schloss Rheinsberg, das sie sowohl zu Fuß als auch mit dem Boot erkunden könnten. Besonders würde sie die prachtvolle Säulengalerie ihrer Kindheitsträume erneut bewundern können, deren Säulen aus dem schönsten, denkbaren weißen Marmor Italiens gefertigt schienen.
Doch zunächst würden sie Neuruppin wiedersehen und die Erinnerungsstätten ihrer Jugend aufsuchen. Ihre Vorfreude auf den Anblick der Doppeltürme der neugotischen

Klosterkirche St. Trinitatis, dem Wahrzeichen der Fontanestadt, war unermesslich. Auf den Spuren des Dichters Theodor Fontane, der hier im Jahre 1819 über der Löwenapotheke seines Vaters das Licht der Welt erblickte – das Geburtshaus und die Apotheke bestehen bis heute im Zentrum der weitläufigen Altstadt – würden sie sich bewegen und ihre Gedanken austauschen. Zudem würden sie Wassersport im und am Ruppiner See treiben – gewissermaßen wie in alter Zeit.

Woldemar lenkte den gemieteten BMW, ohne auf die Karte zu schauen, sogleich ins Zentrum von Neuruppin. Es war herrlich, die breiten, langen Straßen zu durchfahren und die allseits renovierten großen Bürgerhäuser, die großzügigen Plätze mit den Denkmälern und die vielen klassizistischen Bauten zu betrachten. Da hielt Woldemar unvermittelt an und ergriff seine Spiegelreflexkamera.

Siehst du den alten Mann dort rechts am offenen Fenster im Erdgeschoss?, rief er Diana zu.

Ja, sie sah ihn sofort: eine markante Gestalt mit Vollbart. Das könnte ein wundervolles Porträt abgeben. Woldemar eilte zu diesem Mann hin und berichtete seiner Frau nach seiner Rückkehr. Er hätte den Mann gefragt, ob er ihn fotografieren dürfe. Schüchtern hätte der geantwortet: Ick wees nich. Daraufhin hätte Woldemar ebenfalls berlinert, und schnell war das Eis gebrochen, und die Fotos waren im Nu geschossen. Woldemar hätte dann auch noch zu dem alten Herrn gesagt: Sie müssten doch eigentlich in der Parallelstraße wohnen! Dieser blickte ihn daraufhin fragend an. Na, janz einfach, hätte Woldemar geantwortet, Sie müssten doch in der Karl-Marx-Straße wohnen und nicht hier in der August-Bebel-Straße, da

Sie mit Ihrem riesigen Vollbart dem berühmten Sozialphilosophen wie aus dem Gesicht geschnitten scheinen. Der fremde Mann verstand nun den Scherz und lächelte schüchtern.

Das Porträt gelang Herrn Wuthenow so gut, dass er es später auch ausstellte. Es bildete seitdem eine nette Erinnerung für die Wuthenows an diese Reise nach Neuruppin. Im Anschluss fuhren sie ohne weitere Zwischenhalte an die Uferpromenade des Sees. Es war herrlich, als sie die vertrauten neugotischen Doppeltürme der Klosterkirche erblickten. Vor ihnen schienen sich nun zehn wundervolle, unbeschwerte Tage in ihrer märkischen Heimat zu öffnen.

8

Lina in Bosau

Meine Mutter überfiel mich am Samstagmorgen telefonisch.
Hallo Lina, Kind, da steckt einiges an Dynamit dahinter! Da musst du dich reinknien. Diese misshandelte Frau in Göttingen ist Carlotta Kuhl. Ja, diese Autorin. Und dieser Mann ist ein ehemaliger Freund der Familie, und stell dir das mal vor, ein absolut seriöser Advokat bislang!
Das gab mir soeben meine Mutter telefonisch durch und ich hatte allen Grund, entzündet zu sein. Denn meine Mama ist up to date, sie kennt diese Autorin seit ihren Schultagen und ist mit ihr ab und an noch in Kontakt.
Pass mal auf, Lina, häng dich ins Netz und lies alles, was du von der Carlotta Kuhl und über sie erfahren kannst. Ich erzähle dir dann, was du wissen musst und was du tun kannst, um daraus eine illustre Story zu machen. Aber du musst mich besuchen kommen, bitte!
Das ließ ich mir von meiner Mutter nicht zweimal sagen. Ich bin Journalistin einer Illustrierten in Hamburg und heiße Lina Marlene Sommer, und ich habe meinen Aufstieg in der Yellow Press am meisten meiner Mutter zu verdanken. Das steht fest, und deswegen tat ich auch gern, was sie mir bedeutete.

Von der Schriftstellerin Carlotta Kuhl hatte ich am Rande mal etwas gehört, aber noch nichts von ihr gelesen. Sie schreibt laut meiner Mutter recht tolle Kinder- und Jugendbücher und auch spannende Krimis, was alles freilich nicht mein Feld ist. Ich bin beruflich investigativ mit Skandalen und Schicksalen der Prominenz beschäftigt, Aufdeckung und Verwandlung derselben in Schlagzeilen und Reportagen, Interviews oder auch Storys. Dadurch komme ich viel rum und lerne interessante Menschen kennen. Da ist für Literatur oder Belletristik kaum Platz. Und Freizeit gibt es wenig für mich. Ich bin aber sehr froh, dass ich privat zwischendurch meine sportlichen Ambitionen pflegen kann. Das ist für mich Abenteuer an Körper, Geist und Seele.

Meine ersten Eindrücke von dieser Künstlerin, also von den überaus zahlreichen Fotos und ihren Auftritten, die man von ihr im Internet auf allen Kanälen finden kann, würde ich als ansprechend bezeichnen.

Also machte ich mich am Samstag gegen Mittag auf nach Bosau, wo meine Mutter zusammen mit ihrem zweiten Ehemann direkt am Ufer des Großen Plöner Sees in einem gemütlichen Landhaus lebt. Meinen Ressortleiter Micha hatte ich eingeweiht. Er wollte mich am Dienstag im Verlagshaus wiedersehen und meinen Bericht hören. Toll, ich würde Zeit für einen Segeltörn und vielleicht auch noch für einen Langlauf an den Ufern des Sees finden. Und gleich würde ich bei dem schönen Sommerwetter in den See springen und schwimmen. Herrlich!

Ich erreichte den idyllischen gelegenen Ort mit meinem Flitzer in gut einer Stunde. Herzliche Begrüßung mit meiner Mama, die auf einen kleinen vorbereiteten Imbiss bestand und mir meinen Lieblingswein Chablis dazu anbot. Aber ich wollte erst schwimmen und sie kredenzte mir daraufhin einen kühlen Zitronensaft.

Dann eilte ich auch schon zu dem Steg, an dem das Segelboot meines Stiefvaters vertäut war, eine Dehlya 25. Das ist eine kleine Segelyacht mit Kajüte, die sich auch prima einhandsegeln lässt. Ich zog mich schnell aus und sprang am Ende des Stegs nackt kopfüber in das Wasser.

Die Momente nach dem Eintauchen, in denen der Körper nach dem Kopfsprung – natürlich unbedingt mit Anlauf – zunächst durch das Wasser und das flimmernde Licht wirbelt und dann wie von selbst gleitet, koste ich gern aus, so lange, bis sich an der Oberfläche meine Eigenbewegung ausläuft und erstarrt und ich schließlich zur Schwimmbewegung gezwungen werde. In diesen Sekunden bin ich nur wohliges Gefühl. Sicherlich mache ich deshalb so gern den Kopfsprung ins Wasser.

Ich schwamm nun raus aus der kleinen Bucht und konnte bald in der Ferne die Stadt mit dem majestätischen auf der Anhöhe thronenden gleichnamigen weißen Schloss Plön sehen. Ich stellte meine Sportuhr und kraulte trainingsmäßig, mittelschnell oder langsam, wie man es nehmen will, und legte gut 20 Minuten vor. Das dürften etwa tausend Meter geworden sein, als ich mich dann auf den Rücken legte und mich treiben ließ und die ersten weißen Wolken am Himmel beobachtete, die mit einer Brise herankamen. Da war ich auch bald in Höhe der Prinzeninsel, die ja eigentlich eine Landzunge ist, die den großen See in zwei Hälften teilt. Gen Osten hin war der See nun so weit, dass ich das Ufer gar nicht ausmachen konnte. Ich schwamm langsam zurück, legte unterwegs aber einen kurzen Spurt ein – auspowern etwa fünfhundert Meter, das tat mir immer gut.

***

Nach dem Duschen fühlte ich mich für das Gespräch mit meiner Mutter bereit. Wir machten es uns auf der Terrasse gemütlich. Es würde einen wunderschönen, lauen Sommerabend geben. Leicht wehte ein Wind und der See glitzerte blau. Es freute mich zu sehen, dass es meiner Mutter mit ihrem Mann Herbert offensichtlich gut ging, der zu dem Zeitpunkt meines Besuches beruflich in London weilte.
Mama kam gleich zur Sache. Man merkte ihr an, dass sie selbst an dem Hintergrund dieser Geschichte zwischen Carlotta und dem Anwalt interessiert war. Kein Wunder, denn die beiden waren ja Schulkameradinnen und ganz früher mal auch eng befreundet gewesen.
Also, Lina, du musst dir vorstellen, die beiden Familien Kuhl und Wuthenow waren seit mehr als 10 Jahre lang eng verbunden. Und ich weiß sicher, dass dieser Anwalt und seine Frau Diana der Carlotta sehr bei ihrem Start als Autorin geholfen haben. Sie waren praktisch beide ihre ersten Lektoren, dieser Woldemar noch mehr als dessen Frau, die aber als Deutschlehrerin ebenfalls reichlich Hilfestellung leistete. Jede Zeile, die Carlotta in ihren ersten Büchern verfasste, wurde praktisch von den beiden Wuthenows mit ihr diskutiert. Außerdem war Wuthenow der Anwalt der Familie, auch der ihrer Eltern und Geschwister. Er hat denen entscheidend geholfen, immer erfolgreich. Die Wuthenows haben keine Kinder und sie hatten daher eine besondere Zuneigung zu Carlottas Tochter Petra Maria entwickelt. Sie kannten sie von klein

auf, förderten sie und hatten große Freude an ihren Fortschritten im Allgemeinen.
Mama, unterbrach ich meine Mutter. Worauf willst du nun hinaus?
Nun ja, Linda, plötzlich war unter den Familien von heute auf morgen Schluss. Das war etwa vor 6 Jahren schon. Keine Kontakte mehr. Und nun das! Der Woldemar Wuthenow hat gestern oder vorgestern Carlotta auf offener Straße tätlich angegriffen! Und das als Anwalt, stell dir das mal vor!
Ja, da war ich denn wirklich baff und konnte meiner Mutter nur beipflichten: Das versprach, eine interessante Story für meine Illustrierte abzugeben.
Meine Mutter setzte ihren Erzählfluss eifrig fort.
Woldemar Wuthenow konnte auch viel erzählen, er ist ja Kriegskind und in Ost- und dann Westberlin aufgewachsen. Er studierte damals an der FU in Berlin. Stell dir vor, der hatte an den Podiumsdiskussionen mit Augstein und Rudi Dutschke teilgenommen. Und als der Benno Ohnesorg nahe der Deutschen Oper gemein hinterrücks von einem Polizisten erschossen wurde, war der Wuthenow mit seiner Jugendfreundin unter den Demonstranten gegen den Schah von Persien. Wie wir wissen, radikalisierten sich aufgrund dieser Vorkommnisse die politisch links stehenden Studenten und aus ihrer Mitte entwickelte sich dann die RAF.
Mama, bitte komm auf den Punkt, ermahnte ich meine Mutter. Was war es denn, was die Familien vor Jahren auseinander brachte? Da muss doch etwas Schwerwiegendes vorgefallen sein! Du hast doch sicherlich deine Schulfreundin dazu befragt?

Ja, ja, Geduld Lina. Natürlich habe ich das. Ich habe Carlotta in die Mangel genommen und auch Detlef, ihren Mann. Ich sag es dir auch gleich, wie sie darauf reagierte. Aber es gehört irgendwie schon alles zusammen, glaub mir nur einfach.

Weißt du, es war ja nicht nur deutsch-deutsche Geschichte, worüber Wuthenow berichten konnte. Er ist umfassend gebildet und gab sein Wissen und seine Erfahrungen gern und reichhaltig weiter, eben besonders an die wissbegierige Petra Maria, als sie in die höheren Schulklassen kam. Wuthenow fühlte sich vielleicht auch als Großvater dieses Mädchens. Da wurden zusammen Gedichte rezitiert, Sketche eingeübt bis hin zu kleinen Schauspielen. Die Familien haben gemeinsam Ausflüge unternommen, Konzerte besucht und allerlei weitere Unternehmungen gemacht. Und bei Familienfesten war immer auch dieser Anwalt gern gesehener Gast. Der war ja praktisch schon Familienmitglied. In einigen Büchern von Carlotta kannst du übrigens ihre Widmungen und langen wie warmherzigen Danksagungen gegenüber den beiden Wuthenows lesen. So in dem Stil: ‚... das werde ich euch nie vergessen' und ähnlich ...

Mama bitte, nun erzähl endlich, was unter den beiden Familien vorgefallen war, schaltete ich mich wieder ein, denn ich war inzwischen ungeduldig geworden.

Gleich doch, Lina. So höre nur noch eben: In einem Kinderbuch von Carlotta spielten praktisch Petra und der Anwalt Wuthenow die Hauptrolle, sie waren also die Vorbilder für die beiden Hauptprotagonisten. Dieses Buch lebt übrigens auch von den reichhaltigen und wirklich faszinierenden Illustrationen. Es ist eine Gemeinschaftsarbeit von

Carlotta und ihrer besten Freundin, die sich für die tolle Bebilderung auszeichnete. Woldemar Wuthenow kannst du darin in Gestalt und Habitus erkennen. Natürlich war er auch später bei allen ihren Bücherlesungen fast immer dabei und quasi ein Requisit. Warte mal, dieses Kinderbuch heißt: „Unser neuer Nachbar, Herr Plingell." Ich hab es dir auf dein Nachttischchen gelegt.
Meine Mutter hielt nun inne, um die Wirkung ihrer Schilderungen auf meinem Gesicht abzulesen, was nicht schwierig war. Ich war ja regelrecht davon gefesselt. Dessen wollte sie sich wohl auch nur vergewissern, bevor sie fortsetzte und endlich auf den Höhepunkt zusteuerte.
Ja, und dann erfolgte vor über fünf Jahren diese plötzliche Trennung der Familien, Knall auf Fall. Wuthenow war wie üblich zu dem Geburtstag der Tochter eingeladen. Am Morgen des Geburtstages sagte er ab. Vorausgehend müssen Carlotta und der Woldemar an dem Morgen kommuniziert haben, das weiß man.
Nach dieser Absage haben sich die Familien nicht mehr getroffen, höchstens mal zufällig in der Stadt ist einer dem anderen begegnet.
Mama machte wieder eine Pause und blickte mich an.
Ja, Lina, ist das nicht merkwürdig? Magst du noch mehr wissen oder was meinst du dazu? Wird sich da eine Recherche lohnen? Dabei ergriff sie ihr Weinglas und prostete mir etwas schelmisch zu, was ich dankbar erwiderte.
Oh ja, das hast du! Diese Geschichte gibt wirklich einige Rätsel auf! Mama, meinst du, dass dieser plötzliche Übergriff von dem Anwalt eine späte Rache gewesen sein könnte? Aber da müsste man doch wissen, was vor vielen Jahren zu dem Zerwürfnis führte.

Ich habe noch keine feste Meinung, ich bin mir aber sicher, dass dieser Übergriff mit dem Grund für das Zerwürfnis vor Jahren zu tun haben muss. Ich hoffe, dass du das herausfinden kannst. Die nächsten Berichte in den Zeitungen und noch mehr der Shitstorm im Internet werden nicht zimperlich sein, wenn erst mal die Prozesse losgehen, darauf brauchen wir nicht zu wetten, oder?
Nein, da gebe ich dir recht. Was ich bis jetzt schon lesen konnte, wird sich noch steigern, und es wird ja auch Gerichtsprozesse geben.
Eben, und da frage ich mich, wie kann es sein, dass ein erfahrener und angesehener Anwalt sich solch eine Blöße gibt und gar seinen besten Leumund wie auch seinen Beruf riskiert und gleichzeitig seiner Frau diesen Kummer bereitet?
Mama, darin sind wir uns sicher einig: Meinst du, ich habe Aussichten, es herauszubekommen?
Meine kleine Lina, wenn, dann du! Aber ich muss meiner Geschichte noch etwas anfügen, damit du Carlotta besser einschätzen kannst. Weißt du, ihr Benehmen damals war schon merkwürdig. Sie wurde seinerzeit von allen Seiten angegangen. Alle wollten natürlich wissen, was passiert war? Und ich weiß auch, dass es in der Familie einige gab, die diesen Bruch bedauerten. Darauf erklärte sie aber stets, es hätte ein harmloses Missverständnis gegeben. Sie tat jedenfalls so, als hielte sie es für harmlos. Sie war nie bereit, zuzugeben, dass das Ereignis ein schlimmes und sehr ernsthaftes gewesen sein muss. Auch ihrem Mann Detlef wird sie bestimmt nicht die ganze Wahrheit gesagt haben, jedenfalls nicht zu Anfang. Ihr Detlef ist eigentlich ganz vernünftig und

eher ausgleichend. Aber sie dürfte letztlich, wie ich sie kenne, alle in der Familie manipuliert und schließlich dominiert haben – bis auf ihre jüngere Schwester, die sich neutral zeigte und noch heute Kontakt zu den Wuthenows unterhält. Na ja, Carlotta war sehr empfindlich, wenn jemand auf dieses Ereignis zu sprechen kam. Auch wenn jemand ihr Verhalten voller Verständnis und Toleranz erwähnte, wie zum Beispiel auch ich, wurde sie aufbrausend und ihre Reaktion war jedes Mal irgendwie unverhältnismäßig. Da sie mir nichts anvertraute, hat sich unser Verhältnis auch immer mehr abgekühlt.
Ja, Mama, da stimmt wohl einiges nicht mit dieser Carlotta Kuhl. Weißt du, die Wahrheit ist immer konkret.
Genau Lina! Und daran lässt sie es fehlen!
Hast du denn diesen Anwalt mal selbst kennengelernt?
Aber ja, Lina, drei- oder viermal haben wir uns zu irgendeinem Geburtstag bei den Kuhls gesehen. Das erste Mal ist wohl über 10 Jahre her. Also, der Wuthenow machte auf mich einen ruhigen Eindruck. Er sieht weit jünger aus, als er ist. Ich hatte mit ihm fruchtbare Gespräche geführt über Literatur und Philosophie.
Nun, der Wuthenow war zu der Zeit noch etwas fülliger. Als ich ihn vor etwas mehr als sechs Jahren traf, war er viel schlanker und sportlicher. Tatsächlich, so erfuhr ich dann, hatte er ein Jahr vorher plötzlich mit Sport begonnen und 2017 hat er seinen ersten Triathlon absolviert.
Oh, das ist aber bemerkenswert, staunte ich. Dann hat er ja offenbar erst mit über 70 damit begonnen!
Ja, das war zwar nur ein Volkstriathlon, aber ich hab davor Respekt. Heute soll er noch schlanker sein, wie mir Carlottas Schwester Felicita berichtete. Obwohl er star-

ker Raucher ist, soll er im August 2020 in seiner Altersklasse in Göttingen Erster geworden sein und sage und schreibe 20 Minuten besser abgeschnitten haben als 2019. Ist so etwas überhaupt möglich, Lina?
Ja, das erkläre ich dir gern morgen, Mama!
Ich war natürlich höchst interessiert, denn ich übe ja selbst diesen Sport aus. Meine Domäne ist die olympische Distanz.
Also, mir würde er wegrennen und nicht nur mich, mit Sicherheit auch Carlotta und Detlef stehen lassen. Ich schätze, er hat dafür eisern trainiert, meinte meine Mutter.
Auf jeden Fall. In dem Alter geht es nicht ohne. Weißt du, die Umstellung vom Rennrad zum Laufen, die ist sehr schwer und muss intensiv trainiert werden. Ich muss das ja auch regelmäßig üben. Und dann wollen in den Wechselzonen auch noch ein paar Tricks beherrscht sein, erläuterte ich meiner Mama.
Lina, kam schließlich meine Mutter wieder auf das eigentliche Thema zu sprechen, wenn das für euer Blatt von Interesse ist, kann ich dir einen Termin mit Woldemar Wuthenow vermitteln. Was meinst du? Weißt du, ich selbst habe mich damals vor vielen Jahren nicht getraut, ihn zu dieser plötzlichen Trennung zu befragen.
Nun ja, hättest dich besser überwinden sollen. Dieser Anwalt hätte sich sicher über dein Interesse gefreut. Dein Angebot nehme ich natürlich an. Du hast mich sehr neugierig gemacht. Und für unsere Illustrierte würde es sich voraussichtlich lohnen.
Am Abend machte ich noch einen schönen Entspannungslauf entlang des Sees. Die Geschichte meiner Mutter

beschäftigte mich noch den ganzen Abend und das Märchenbuch der Carlotta Kuhl: „Unser neuer Nachbar, Herr Plingell" hat mich wirklich verzaubert und es wog mich schließlich in einen herrlichen Traumschlaf.

9

Hamburg, in der Redaktion

Am Dienstag betrat ich pünktlich Michas Büro, das lebendig und behaglich war – die Wände gesprengt mit Aufnahmen aus vergangenen Ausgaben, die die Neugier und das Streben nach sensationellen Geschichten ausstrahlten. Der Duft von frisch gebrühtem Kaffee lag in der Luft, während ich mich auf den Stuhl gegenüber unserem redaktionellen Leiter setzte. Ich hoffte, ihn für mein aufregendes neues Projekt zu begeistern – eine Mischung aus persönlichen Recherchen und der Dokumentation des zu erwartenden Strafprozesses gegen den übergriffigen Anwalt.

Zu meiner großen Freude hatte Micha bereits tiefere Einblicke in die Materie gewonnen. Also, Lina, begann er, seine Stimme voller Ernst, die Geschäftsführerin der Rechtsanwaltskammer Braunschweig ist geschockt von dem Vorfall. Sie sagt, dieser Dr. Wuthenow werde bisher als absolut seriöser Anwalt angesehen, sowohl beruflich als auch privat, man stehe vor einem Rätsel.

Richtig, entgegnete ich, während ich mich aufrichtete. Lass mich dir die Einzelheiten schildern, die mir meine Mutter am Wochenende erzählt hat. Sie kennt die beiden Betroffenen persönlich. Die Erinnerung an die Worte meiner Mutter über die Autorin Carlotta Kuhl, die einst mit ihr zur Schule ging, kam mir präsent. Und den Anwalt hat sie bei Familienfeiern mehrfach getroffen und mit ihm gute Unterhaltungen über Literatur geführt. Glaub mir, hier versteckt sich etwas Größeres.

Micha lehnte sich zurück, die Stirn in Falten gelegt und mit funkelnden Augen. Es gibt viele Fragen in dieser seltsamen Geschichte. Eine Beziehungstat, das scheint klar. Aber warum sollte ein angesehener Anwalt sein Ansehen und seinen besten Ruf aufs Spiel setzen? Ich gebe dir den Auftrag – das wird sich für unser Blatt auszahlen!

Mein Herz hüpfte vor Freude und ich konnte nicht anders, als ein breites Lächeln zu zeigen, fast wollte ich ihn umarmen. Diese Anerkennung war wie ein Erweitern der Flügel für eine Journalistin. Ich danke dir, wirklich, Micha!

Wofür? Du musst dich nicht bedanken, erwiderte er gelassen. Du weißt, dass du unser bester Mensch im Team bist. Aber woher weißt du, dass es sich auszahlt?

Weil du ein Gespür für spannende, rätselhafte Geschichten hast und das Talent, die komplexen, mitunter subtilen Verflechtungen für unsere Leser lebendig zu machen. Das weißt du, Lina!

Er hielt inne, als ob er den emotionalen Moment genießen wollte. Übrigens habe ich unsere Juristen zu diesem Fall befragt, fügte Micha hinzu und seine Stimme wurde ernst. Man geht davon aus, dass die Anwaltskammer eine öffentliche Entschuldigung erwartet. Ein Disziplinarverfahren gegen ihn sei unvermeidlich, auch wenn man auf den Ausgang des Strafprozesses warten müsse.

Ich sehe das genauso, meinte ich. Doch ich bezweifle, dass sich der Dr. Wuthenow entschuldigen wird.

Warum das?

Ein reines Gefühl. Es scheint mir, dass er ein Zeichen setzen wollte. Sich zu entschuldigen, würde ihm wohl etwas davon wegnehmen.

Micha nickte nachdenklich. Das könnte sein. Für die Anwaltskammer steht das Ansehen der Anwaltschaft im Vordergrund.

Da stimme ich dir zu, aber ich zweifle, dass er dazu bereit ist.

Na, lassen wir uns überraschen, sagte Micha mit einem schelmischen Lächeln. Oh, und erkundige dich, ob er für einen Exklusivvertrag offen ist. Die Bedingungen müssen wir allerdings noch durchdenken.

Wir verabschiedeten uns mit einem herzlichen Abklatschen, das die Vertrautheit unserer Zusammenarbeit perfekt festhielt und mir das Gefühl gab, dass wir gemeinsam auf dem Weg waren, auf den Grund einer spannenden Geschichte zu gelangen.

10

Göttingen, Ende Juli 2024

Carlotta und Detlef Kuhl konsultierten in der zweiten Woche nach dem Angriff einen Anwalt, von dem sie wussten, dass dieser mit Woldemar Wuthenow über Kreuz lag, was, wie es meist der Fall ist, freilich auf Gegenseitigkeit beruhte. Die genauen Gründe dieser Feindschaft kannten sie natürlich nicht. Dieser Advokat namens Dr. Grop hatte zudem in der Bevölkerung den Ruf, ein scharfer Vertreter seiner Zunft zu sein, d. h. er war berüchtigt wegen seiner Aggressivität, eine freilich zweifelhafte Eigenschaft für einen seriösen Rechtsanwalt. Aber das war es wohl, was den Eheleuten Kuhl gerade vorschwebte. Dass er zugleich als ungehobelt galt und zudem als Choleriker, wussten sie nicht; natürlich auch nicht, dass er in der Anwaltschaft durchweg unbeliebt war, und das aus vielerlei Gründen. Das konnten sie alles nicht wissen, und hätten sie die Gründe gewusst, wahrscheinlich hätten sie ihn gar umso mehr mit ihrem Anliegen betraut.
Dr. Grop hatte den Sachverhalt natürlich auch in der Zeitung gelesen und er wusste schon, wer hinter dieser Missetat stand. Denn es war im Verlaufe des Tages Stadtgespräch unter der Anwaltschaft, ja, in der gesamten Justiz von Göttingen.

Eigentlich nicht zu glauben. Dr. Woldemar Wuthenow, Grandsenior in der Anwaltschaft, beliebt und angesehen und mit dem besten Ruf in der Stadt und in der Justiz sollte eine solche hinterlistige Schandtat begangen haben? Selbst wer ihn sehr gut kannte, mochte es nicht für möglich halten.
Und doch es war an dem.
Die einen nannten es eine Inkonstanz eines Lebensstils, andere eine plötzlich eingetretene Persönlichkeitsentfremdung oder gar die Möglichkeit des Unmöglichen.
Dr. Grop frohlockte schadenfreudig angesichts dieses neuen Aufsehen erregenden Mandates. Nun bot sich plötzlich und völlig unverhofft Gelegenheit, die Schmach von vor mehr als 30 Jahren auszuwetzen und alle weiteren Niederlagen, die er im Laufe der Zeit von Wuthenow als Gegenanwalt hatte einstecken müssen, zuletzt jene äußerst schmerzliche in einem wichtigen Berufungsverfahren vor dem Oberlandesgericht Celle.
Eifrig und besonders zuvorkommend erläuterte er dem Ehepaar Kuhl den Werdegang eines Strafverfahrens und die sich bietenden Vorteile, wenn man sich der Anklage der Staatsanwaltschaft als Nebenklägerin anschlösse.
Ja, Frau Kuhl, gut, dass Sie den Strafantrag wegen Körperverletzung stellen. Aber nun sollten Sie sich auch noch als Nebenklägerin legitimieren und natürlich anwaltlich durch mich vertreten lassen. Sie haben in dem Verfahren sodann besondere prozessuale Rechte, verstehen Sie?
Welche denn im Einzelnen, Herr Dr. Grop? Carlotta Kuhl war total wissbegierig und konnte ihre Befriedigung und Freude über den bevorstehenden Strafprozess gar nicht verbergen. Sie warf ihrem Mann triumphierende Blicke zu.

Nun, Sie sind Beteiligte in dem Strafprozess. Sie können Fragen stellen und auch Anträge. Sie können sogar am Ende plädieren, gleich nach dem Staatsanwalt oder ich für Sie oder beides. Sie können sogar selbst eine bestimmte Strafe gegen diesen Übeltäter beantragen!
Oh, das möchte ich wahrnehmen! Wie ist es mit Ihren Gebühren, Herr Rechtsanwalt?
Gar kein Problem, Frau Kuhl, erwiderte der Anwalt jovial. Sie können als sicher davon ausgehen, dass der Täter vom Gericht wegen möglicherweise sogar gefährlicher Körperverletzung bestraft wird und ihm folglich alle Kosten des Verfahrens auferlegt werden.
Also dann hätte der Wuthenow also auch unsere Anwaltskosten zu zahlen? Ist das richtig, Herr Rechtsanwalt?
Natürlich, Herr Kuhl! Genauso ist es. Er hätte Ihnen Ihre Anwaltskosten zu ersetzen, um genau zu sein.
Schatz, wandte sich Carlotta an ihren Mann, das machen wir, nicht wahr? Natürlich, der Woldemar soll jetzt bluten, stimmte Detlef seiner Frau zu.
Dr. Grop überreichte Frau Kuhl das Exemplar einer Vollmacht zur Unterschrift. Ich werde für Sie alles Notwendige veranlassen und später auch die Strafakte beiziehen. Sobald mir die Strafakte vorliegt, melde ich mich bei Ihnen. Dann führen wir eine weitere Besprechung durch. Und, fügte der Advokat noch süffisant hinzu, dann legen wir gemeinsam gern auch die Höhe Ihres Schmerzensgeld-Anspruches fest.
Was meinen Sie, was wir verlangen können, Herr Doktor?, fragte Carlotta mit dem gespielten Anschein von Schüchternheit.
Ein paar tausend Euro, meine geschätzte Dame! Sie haben doch sicherlich unter dem Schock gelitten und werden

noch arg daran zu leiden haben, ein ärztliches Attest wäre bitte unbedingt einzuholen! Womöglich entsteht gar ein Trauma. Alles bitte dokumentieren, Frau Kuhl. Und an Ihrem neuesten Jugendroman können Sie sicherlich infolge des Schocks auf lange Zeit auch nicht schreiben, nicht wahr? Das muss natürlich alles entgolten werden!
Oh, ja, leider haben Sie ganz recht, Herr Dr. Grop. Es ist mir momentan ganz unmöglich zu schreiben. Und sie setzte in gewissem Stolz hinzu: Es soll diesmal eine Novelle werden, Herr Rechtsanwalt. Sie sagte das, obschon sie gar nicht sicher wusste, was genau eine Novelle ausmachte. Den Begriff hatte sie aber einmal von Woldemar Wuthenow aufgeschnappt und wusste immerhin, dass es sich um eine literarische Gattung handelte.
Meine Bewunderung, werte Frau Kuhl, schmeichelte Dr. Grop, obgleich dieser den Begriff eigentlich auch nur im Zusammenhang mit einer Gesetzes-Novelle kannte.
Ja, wirklich, ich bewundere Sie. Darüber hinaus, Herr Kuhl, möchte ich auch Ihnen zu Ihrer berühmten Gattin herzlich gratulieren. Ich bin ein ausgesprochener Liebhaber Ihrer Kunst, Frau Kuhl.
Eine freche Lüge. Der Advokat hatte noch nie etwas von Carlotta Kuhl gehört oder gelesen. Seine Angestellten hatten ihn zuvor aber in Kenntnis gesetzt, wer die neue Mandantin war.
Oh, danke, danke sehr, antworte das Ehepaar wie synchron und voller Stolz. Was für ein charmanter Rechtsanwalt und offensichtlich hochgradig beschlagen. Beide nahmen das Kompliment offensichtlich für bare Münze.
Carlotta und ihr Detlef Kuhl verließen gestärkt und höchst befriedigt die Kanzlei. Es war, als hätte Dr. Grops

gute Gestimmtheit sich auf sie übertragen. Sie konnten nicht wissen, dass ungezügelte Aggressivität eines Rechtsanwaltes keineswegs zu den herausragenden Attributionen zu zählen ist.

Die Kuhls ließen einen bestens gelaunten Anwalt zurück, der vor Freude mit der Faust wuchtig auf seinen Schreibtisch hieb. Dr. Grops fleischiges, bäuerliches Gesicht überflog ein einziges Grinsen.

Teil II

I

Im Harz, Sommer 2010

Es war ein Workshop über ein verlängertes Wochenende im Sommer in der raubeinigen Wildnis des Harzes, wo die Natur am urwüchsigsten schien und das Mittelgebirge seine Geschichte in die zerklüfteten Felsen eingraviert hatte. Wo der Harz am harzesten war, pflegte damals – es war lange her, sehr lange, vor fast 15 Jahren – Woldemar Wuthenow zu schwärmen, und er meinte damit die Gegend ein paar Kilometer entfernt vom Bodetal.
Dort erhob sich in einer Waldlichtung ein großes verfallenes Fachwerkhaus, das einst ein Forsthaus gewesen sein mochte. Die üppige Pflanzenwelt umschlang das Gemäuer von zwei Seiten wie eine Liebhaberin, die sich in den festen Stein verliebt hatte und ihn zu verschlingen suchte. Durch das marode, hier kaum noch vorhandene Dach, durch Fensterlöcher und offene Zugänge drang das Grün in das Innere dieses Teiles des Gebäudes, als ob es die Geschichte des Verfalls neu erzählen wollte.
Vom anderen Ende der Lichtung bot das surreale Schauspiel des verwitterten Gebäudes eine faszinierende Kulisse für jene, die die Schönheit im Zerfall fanden und die Harmonie von Mensch und Natur feierten. Es war ein verlorener Ort, der bei manchen Teilnehmern eine romantische Sehnsucht nach Vergangenem weckte, während sie sich auf das bevorstehende Ereignis vorbereiteten.

So begann der Workshop über Beziehungen zu sich selbst und zu anderen, eine amerikanische Methode der Selbstfindung und Selbsterfahrung, die unter dem kargen, doch wohlklingenden Titel „Workshop on Relationship" die Teilnehmer herausforderte, sich selbst zu entdecken und die verborgenen Facetten ihrer Persönlichkeit zu erkunden.

Woldemar hatte sich zu diesem Kursus angemeldet und alle zahlreichen Bedingungen des Veranstalters wie alle anderen auch akzeptiert, sei es nun, dass er jene berühmte Landschaft auf besondere Art und Weise kennen lernen wollte oder die vorgesehenen Übungen und Spielchen sein psychologisches Interesse weckten. Auch die angekündigte einfache, aber naturnahe Lebensweise empfand er als spannend.

Hier traf man sich mit Schlafsack und blieb bedingungsgemäß alkohol- und drogenfrei. Es waren zirka eineinhalb Dutzend Teilnehmer gekommen, Männlein und Weiblein in etwa gleicher Anzahl. Sexualität oder Kuscheleien untereinander waren übrigens von vornherein untersagt. Auch interessant: Das Alter der Teilnehmer lag zwischen 30 und 65 Jahren. Und manche Teilnehmer sahen trotz des aufgezeigten Verbotes so aus, als seien sie gerade einem Hippie-Festival entsprungen. Andere waren offensichtlich Outdoor-Freaks, wieder andere typische Individualisten der speziellen Art oder einfach auch schlicht abenteuerlustige Intellektuelle, zu letzteren man wohl berechtigterweise auch Woldemar Wuthenow zu rechnen hätte.

In der gemeinsamen Selbstfindung innerhalb der Gruppe war es Teil des Prozesses, sich bei Bedarf gegenseitig zu

beleidigen oder gar zu beschimpfen. Ein Training in Aufrichtigkeit sich selbst gegenüber sozusagen. Eine Frau in ihren Vierzigern, von imposanter Statur und für den Anlass übertrieben schick gekleidet, meinte zu ihm: Du alter Sack!
Ihre Betonung ließ Raum für Interpretationen. Es war möglich, dass sie nur Smalltalk anregen wollte, weshalb Woldemar eher amüsiert erwiderte: Jugend ist keine Tugend, Baby, wobei er das letzte Wort Deutsch aussprach, mit einem langen ‚a'.
Eine andere Gruppenteilnehmerin zeigte immer wieder ernste Aggressivität ihm gegenüber, und er wies sie mit den Worten ab: Du bist das Schwein und ich bin ...? Er fand es amüsant und ließ sie stehen.
Die wunderbare Natur ringsum erkundete er mit Begeisterung.
Die Tage begannen früh, es gab unter Anleitung Spiele und Ausflüge und abends gemütliche Lagerfeuer-Sitzungen, Lieder zur Gitarre – als der Countrysong „The Ring of Fire"[3] von Johnny Cash angestimmt wurde, sang er begeistert mit –, Diskussionen von den sogenannten Leadern des Veranstalters geleitet wurden von gängigen Begriffen wie „REEVALUATION", „SELF-ACTUALIZATION" usw. dominiert – niemand muss müssen, lerne, der oder die du bist. Allgemeinplätze vielleicht, aber dennoch von Interesse für Wuthenow. Die Leader verstanden es, die Teilnehmer zu Beiträgen zu ermutigen und stellten Weichen. Keiner brauchte sich für seine Gefühle zu schämen – deine Gefühle sind deine Gefühle. Die Wirkung, so bemerkte er, war bei vielen enorm: FOR THE FIRST TIME IN MY LIFE I FELT TO BE SAFE!

> Love is a burning thing
> And it makes a fiery ring
> Bound by wild desire
> I fell into a ring of fire[4]

Woldemar lauschte gern, seiner kontemplativen Natur entsprechend. Nur ab und zu ließ er eine philosophische Überlegung einfließen, etwa zur Frage, ob der Mensch böse sei oder nicht, und natürlich zur Kardinalfrage nach der Determination des Menschen oder seiner Freiheit. Natürlich konnte er seine wenigen Beiträge auch begründen und verwies selbstredend auf Immanuel Kant, dessen Aussagen er zu erläutern vermochte, wenn Interessierte ihn dazu befragten: Kant meinte, der Mensch sei von Geburt aus böse, weil er von dem Prinzip von Lust und Unlust beherrscht werde. Er sei seinen Emotionen ausgeliefert, und zwar derart, dass er eigentlich sogar fremdbestimmt lebe. Davon könne sich der Mensch aber durch Anwendung von Vernunft und durch die Maximen der Aufklärung befreien. Der Mensch könne sich also aus sich selbst heraus erheben und mit seinen Untugenden fertig werden, sich gewissermaßen selbst revolutionieren. Erst dadurch werde der Mensch wirklich frei.

Wolle, so nannten ihn auch damals bald alle. Einer namens Herbert fragte, was eigentlich die goldene Regel bedeutet, allerdings in einem derartig schlüpfrig hämischen Unterton, als wollte er Woldemar auf den Monatszyklus der Frau lenken. Woldemar wandte sich wortlos ab und verließ die Runde und kroch in seinen Schlafsack unter freiem Himmel. Über sich beobachtete er gewiss voller Ehrfurcht und Bewunderung den bestirnten

Himmel über sich und als er sich auf die Seite in seine Schlafposition drehte, mochte er wohl auch an das moralische Gesetz in ihm selbst gedacht haben. Aus seinen späteren Erzählungen konnten wir entnehmen, dass er sich an dem Unternehmen erfreute und eine Wiederholung in Betracht zog. Wahrscheinlich schlief er mit diesen erfreulichen Gedanken ein.

In der Gruppe kristallisierten sich schnell die tonangebenden Teilnehmer heraus. Da waren die Alpha-Tiere, die sich ins Zentrum drängten. Unter den Frauen war dies eindeutig Carlotta. Eine charmante, gut aussehende, temperamentvolle Frau Ende dreißig, mit grün-grauen Augen und einem vollen Mund. Klein, sieben Kilo zu viel, aber voller Energie. Sie wusste, wie sie allen gefallen konnte, und ihre Eingaben, Ratschläge und praktischen Handlungen trafen stets ins Schwarze, was auch Woldemars Aufmerksamkeit weckte. Sie trug auch eigen komponierte Liedchen vor und spielte dazu selbst auf einer von ihr ausgeliehene Gitarre. Ihre Singstimme war wirklich angenehm. Die Liedchen beeindruckten Woldemar allerdings nicht, bis auf eines, das Carlotta Kuhl, so ihr voller Name, „Freundschaft" nannte. Das wollte er später immer wieder gern wegen der schönen Melodie und ihrer schönen unverwechselbaren vollen Stimme von ihr hören.

Manchmal standen auch harte Übungen auf dem Programm. Die grüne Gruppe überfiel die gelbe Gruppe. Ein Spiel, das schnell ernst werden konnte, wie als Rainer festgenommen werden sollte und herumschrie, und er dabei einige Hiebe kassierte, oder als Nelly gefesselt wurde und fast die Arme ausgerenkt bekam. Ihr Schmerz war real.

Wer handelte im Sinne der Gruppe, wer nur für sich selbst? Dieses Spiel dauerte beinahe fünf Stunden. Gegenseitig wurden Gefangene gemacht, also richtig gehend überfallen und real überwältigt und festgesetzt. Eine Frau von Woldemars Team wurde von der Gegenseite gefangen genommen und in einem Verlies gefesselt zurückgelassen. Wie fühlt man sich dabei, wenn niemand nach einem sucht, sobald die Übung vorbei ist?

Woldemar meisterte die Herausforderungen dieses halb-ernsten Spiels zufriedenstellend und genoss es, sich wie ein Junge in seiner Kindheit zu fühlen. Es traf sich, dass auch Carlotta in seiner gelben Gruppe war, und sie erwies sich als kluge Führerin mit treffenden Ratschlägen. Sie wurde auserwählt, eine Botschafterin zu sein. Mit einer entsprechenden Fahne ausgestattet, wurde sie zur anderen Gruppe geschickt. OUR GROUP WANTS TO TELL YOU THAT WE ARE READY TO CHANGE THE PRISONERS.

Ein anderes Mal stand ein Orientierungsspiel im Gelände an. Es galt, zu zweit bestimmte Orte in der Natur möglichst schnell zu erreichen. Das Los wollte es, dass Carlotta und Woldemar ein Team bildeten. Es stellte sich als vorteilhaft heraus, dass sie sich gut mit dem Navigieren per Handy verstand. Zwischen ihnen entwickelte sich ein gegenseitiges Interesse, insbesondere nachdem Woldemar erfahren hatte, dass Carlotta begonnen hatte, einen Krimi zu schreiben, und sie wiederum, dass Woldemar als selbstständiger Anwalt in Göttingen tätig war, wo sie auch ihre Wurzeln hatte und nahebei ebenfalls mit ihrem Mann und ihrer Tochter lebte.

Auf ihrem Weg gelangten sie an den oberen Rand einer Schlucht, auf dessen Grund ein Fluss, etwa 20 Meter breit, in der Mitte eine kräftige Strömung aufwies.
Mit den Stromschnellen um Granitfelsen und der bizarren Bewaldung zeigte sich hier ein wild romantisches Felsental.
Little Grand Canyon, bemerkte Woldemar. Die Schlucht ist hier etwa 140 Meter tief, flussabwärts nach Thale hin gibt es ein starkes Gefälle von 11 % auf 20 Kilometer. Dort dürfte die Schlucht eine Tiefe von etwa 250 Meter aufweisen.
Du kennst dich hier gut aus, was, Woldemar?
Es geht, bin mal den Hexenstieg hier entlang gewandert.
Wow, ganz allein?
Ja, von Osterode bis Thale. So fing er einen bewundernden Blick von ihr ein.
Das Problem war, dass sie auf die andere Seite des Flusses mussten, wenn sie ihr Ziel unter den Ersten erreichen wollten. Das hatte Carlotta mit ihrer Navigations-App festgestellt.
Na, ich weiß auch, dass es die Bode ist, bemerkte Carlotta, und bei Thale liegt dieser berühmte Felsen mit der Roßtrappe.
Ja, genau. Hier sind wir unweit Treseburg.
Und wie tief mag das Wasser in der Mitte des Flusses sein?
Wenn kein Hochwasser herrscht, also keine Alarmstufe ausgerufen ist, wäre hier höchstens knapp einen Meter, meinte Woldemar.
Wegen der Alarmstufe befragte Carlotta wieder ihr Handy.
Keine Alarmstufe, rief sie ihm zu.

Woldemar bemerkte in ihrer Stimme den Anflug einer Erleichterung und dachte, vielleicht konnte sie nicht schwimmen. Es würde hier aber auch nicht nötig sein. Die Strömung war gerade nicht übermäßig stark. Aber ich sollte sie besser absichern. Aber erst einmal galt es, in die Schlucht hinunterzuklettern. Das war schwierig, denn die Hänge zum Boden der Schlucht waren ziemlich steil. Hier waren sie aber von Bäumen und Strauchwerk noch besiedelt, so dass sie sich Stück für Stück an den Pflanzen stützend und festhaltend hinunter hangelten und schließlich am Grund der Schlucht das Ufer des Flusses erreichten.
Puh, gar nicht so einfach, blickte Carlotta in seine Richtung.
Gut gemacht, rief Woldemar, ließ sich sein Staunen über Ausdauer und Geschicklichkeit der Gefährtin aber nicht anmerken.
Oh, es ist merklich kühler hier, meinte Carlotta, lehnte es aber ab, eine Jacke überzuziehen.
Auf seinen Vorschlag suchten sie zusammen nach einem stämmigen Ast, den er führen würde und an dem sich Carlotta vorsichtshalber festklammern sollte, damit sie inmitten des Flussbettes nicht ins Straucheln geriet. Es war nicht schwer, einen solchen aufzufinden.
Der Durchquerung des Flusses sollte nichts mehr im Wege stehen.
Woldemar lächelte, weil er gerade an Hemingways Roman erinnert wurde: Über den Fluss und in die Wälder.
Sie wateten in das Flussbett, er vorneweg den Ast haltend, an dem sich Carlotta hinter ihm klammerte. Woldemar schritt unbehelligt durch die schmale Strömung und war schon auf der sicheren Seite angelangt. Carlotta

strauchelte plötzlich in dem Strudel und stürzte der Länge nach in das tiefere Wasser. In ihrer Panik brachte sie keinen Laut hervor und ließ unglücklicherweise den dicken Ast los, den Woldemar festhielt, und wurde sofort von dem Sog mitgerissen. Woldemar reagierte schnell: Er lief durch den seichten Teil des Flusses, überholte Carlotta in der Strömung und erreichte ein großes Felsgestein im Flussbett. Er erkletterte das Gestein und es war einfach, sie fest an ihrem Rucksack zu greifen und festzuhalten, bevor sie noch weiter abgetrieben würde.
Carlotta keuchte noch vor Schreck, als sie sich an dem Felsen klammerte, aber langsam beruhigte sie sich. Woldemar sah erleichtert aus. Sie spürten beide den Adrenalinschub durch ihre Adern pulsieren und waren gleichzeitig dankbar, dass nichts Ernsthaftes zugestoßen war. Freilich war Carlotta völlig durchnässt, aber nun lachte sie etwas irre auf.
Gemeinsam zogen sie sich ans andere Ufer zurück, während Woldemar ihr aufmunternd auf die Schulter klopfte. Aus seinem Rucksack holte er ein Hemd und eine Decke hervor und reichte sie ihr. Wortlos zog sie vor seinen Augen ihr Oberteil aus, scheinbar unbeeindruckt davon, dass für einen flüchtigen Moment ihr nackter Oberkörper zu sehen war. Sie trocknete sich mit der Decke ab, schlüpfte in sein Hemd und hüllte sich in die Decke ein, ein stilles Dankeschön lächelnd auf den Lippen.
Wie alt bist du eigentlich?
Später, antwortete er knapp und reichte ihr eine Flasche Wasser.
Zusammen setzten sie ihren Weg fort, Wortlosigkeit umgab sie, bis sie nach etwa 300 Metern die gespenstische,

knorrige Traubeneiche erreichten, die zwischen den Felsen emporragte – ihr Ziel. Unter dem Fels entdeckten sie den schriftlichen Gruß einer anderen Gruppe samt Notiz über deren Ankunftszeit. Sie waren als Zweite eingetroffen.
Zufrieden ließen sie sich unter der Eiche nieder und lauschten den Geräuschen der Natur, die vom Plätschern und Rauschen des Flusses bestimmt und von geheimnisvollen, friedvollen Stimmungen durchdrungen waren. Erst als es wirklich nicht mehr später sein konnte, begaben sie sich gemächlich auf den bekannten Heimweg.
Am Lagerfeuer am Abend hatten sich alle gegenseitig viel zu erzählen und Carlottas Berichte entfalteten die beabsichtigte Wirkung. Denn natürlich würzte sie ihre Erzählungen mit einer Prise Übertreibung:

Ich schwebte in Lebensgefahr, wurde vom reißenden Strom mitgerissen, nur von Wolle gerettet, kokettierte sie mit ihren Erlebnissen.
Gemeinsam sang man wieder alte Folk-Songs und Country-Musik:

>   I fell into a burning ring of fire
>   I went down, down, down
>   And the flames went higher
>   And it burns, burns, burns
>   The ring of fire ...[5]

2

Göttingen, Herbst 2010

Die Stuhlreihen des kleinen Kinosaals waren alle gefüllt, doch einige Zuhörer gähnten bereits, während die ersten Autoren monoton einige Passagen aus ihren Manuskripten vorlasen. Die Wörter reihten sich aneinander, verloren in der Eintönigkeit der Texte – kein Funke, kein Hauch eines Spannungsbogens, der die gutwilligen Theaterbesucher auch nur ansatzweise in seinen Bann ziehen konnte. Doch dann betrat Carlotta die Bühne.
Sie war eine Autorin, die verstanden hatte, dass das Universum der Kriminalgeschichten weit mehr war als blutige Morde und mysteriöse Täter. Es war ein Reich, das von Emotionen, Stimmungen und dem eindrucksvollen Spiel von Licht und Schatten lebte.
Schon bei ihrem ersten Satz, kraftvoll und dramatisch, wusste das Publikum: Hier war etwas anders. Carlotta hatte nicht nur Texte vorbereitet, sondern auch die Atmosphäre der Lesung meisterhaft inszeniert.
Als sie die ersten Worte sprach, verwandelte sich der Saal in eine lebendige Welt der Kriminalistik. Mit einer Taschenlampe erhellte sie schattenhafte Ecken und inszenierte die dramatische Entdeckung eines Mordes. Im Handumdrehen verwandelte sie sich mit einfachen Kleidungsstücken, schlüpfte in verschiedene Rollen und

verlieh den Charakteren durch Mimik und Gestik Leben. Ihre Stimme variierte zwischen tiefen, bedrohlichen Tönen und hohen, süßlichen Weisen, während das Publikum durch jede Wendung ihrer Geschichte die Anspannung förmlich spüren konnte.

Plötzlich, als sie eine besonders spannende Passage erreichte, begann sie, eine wohlbekannte, düstere Melodie anzustimmen. Ihre Stimme war dunkel und unheimlich:

„Warte, warte nur ein Weilchen,
bald kommt Haarmann auch zu dir ..."[6]

Zunächst zögerlich, doch bald wurden die ersten Stimmen vernehmbar; Freude und Gelächter breiteten sich aus. Nach wenigen Zeilen waren alle Hemmungen überwunden, und viele sangen mit. Ein unerwarteter Moment der Gemeinschaft erfüllte den Raum mit einer pulsierenden Energie.

Die finale Wendung, in der der Mörder oder die Mörderin sich in einem Netz aus Intrigen verfangen würde, fraß den letzten Rest von Zurückhaltung im Publikum. Gebannt verfolgten die Theaterbesucher – einschließlich Woldemar und Diana Wuthenow, die von Carlotta und ihrem Ehemann Detlef zu dieser Lesung eingeladen worden waren –, wie Carlotta als Heldin der Geschichte auf die Bühne trat. Der selbstbewusste Auftritt einer Frau, die wusste, wie sie ihr Publikum packen konnte.

Als die Lesung schließlich endete, brach stürmischer Applaus los. Die Gesichter der Zuhörer leuchteten vor Begeisterung. Carlotta verbeugte sich mit einem breiten Grinsen. Sie hatte ihre Zuhörer nicht nur in einen gruseligen Taumel versetzt, sondern sie gar zu einem Teil ihrer Geschichte gemacht.

Der restliche Abend war wie verwandelt. Die anderen Autoren bemühten sich, Carlotta nachzueifern, begannen ebenfalls, ihre Lesungen lebendig und bunt zu gestalten. Der Kinosaal war nun nicht mehr bloß ein Raum für Worte, sondern ein Ort voller Emotionen, Lachen und Spannung. Carlotta, die Retterin des Abends, war zur Heldin der Nacht geworden – und jeder Zuhörer erkannte, dass sie die Magie der Worte lebendig zu machen vermochte.

An diesem denkwürdigen Abend – das war nur wenige Wochen nach dem abenteuerlichen Workshop im Harz – lernten die Wuthenows nicht nur das Ehepaar Kuhl kennen, sondern auch deren sechsjährige Tochter Petra Maria sowie weitere Verwandte der Familie.

Es war der Beginn einer verheißungsvollen und intensiven freundschaftlichen Beziehung.

3

Begegnungen

Nach Veröffentlichung des Krimis begann für Carlotta, eine 40-jährige Ehefrau und Mutter einer lebhaften Tochter, ein aufregendes neues Kapitel in ihrem Leben. Ihre ersten Schreibversuche waren wie kleine Geheimnisse, die darauf warteten, ans Licht zu kommen. Als dann ihr Kurzkrimi „Zwillinge" unerwartet ausgezeichnet wurde, war das nicht nur ein persönlicher Triumph, sondern auch der Funke, der ihre Schriftstellerkarriere entfachte. Es war eine glückliche Fügung, dass sie auf den Anwalt und Notar Woldemar Wuthenow und seiner Ehefrau Diana, Lehrerin für Deutsch und Geschichte, traf. Das sagte sie in gewissem Stolz jedem, der es hören oder auch nicht hören wollte. Beide waren mehr als 25 Jahre älter und lebten in Göttingens vornehmer Gegend, im Ostviertel, wo sie eine geräumige sehr schöne Wohnung mit großem Gartenanteil zu Eigentum hatten, die mit literarischen Schätzen und Klassikern gefüllt war. Ihre Leidenschaft für Literatur war unverkennbar, und sie waren stets auf der Suche nach neuen Geschichten und Gedanken, die das Leben bereichern könnten. Schließlich interessierte sich Herr Wuthenow auch noch besonders für Philosophie und Psychologie.
Nach dieser Lesung in dem kleinen Kino, dem „Lumiere" in Göttingen, überreichte Carlotta den Wuthenows ein

Exemplar dieser Anthologie mit einer langen, handschriftlichen Widmung.
Wie hast du das nur geschafft?, fragte Woldemar sie einmal ganz ernsthaft. Ich meine, als Frau solche grausigen Texte zu erfinden!
Carlotta grinste, während sie wohl nachdachte, ob dies als Kompliment gemeint war.
Die Wuthenows erkannten schnell ihr Potenzial und boten ihr nicht nur moralische Unterstützung, sondern auch wertvolles Feedback. Sie waren wie ein kreatives Sicherheitsnetz, das sie vor Irrwegen bewahrte.
Das geht so nicht!, sagten sie manchmal, und dann wurde diskutiert, meist ließ sich Carlotta am Ende überzeugen.
Er suchte, ihr Interesse für klassische oder moderne anspruchsvolle Literatur zu wecken, was sich aber zu seinem Bedauern als vergeblich herausstellte. Er fand die Erklärung bald darin, dass sie immer agil sein musste; irgendetwas produzierte sie stets voller Hingabe und energiegeladen, sei es Musik oder auch Malerei oder sei es auch nur alltägliches Kunsthandwerk.
Immerhin, sie und ihre Tochter Petra mochten es, wenn er ihr aus dem Leben großer Schriftsteller und ihrer Werke erzählte,
Weltliteratur eben, wie zum Beispiel „Der Zauberberg" von Thomas Mann oder Tolstojs „Krieg und Frieden" oder Madame Bovary oder von Marcel Prousts siebenbändigen Werk „Auf der Suche nach der verlorenen Zeit" und viele andere Werke, von denen sie zumeist noch nie etwas gehört hatten.
Gerne lauschten sie und ihre Tochter Petra Maria, wenn er von Goethes – platonischen – Liebesverhältnis zu Char-

lotte von Stein erzählte und von deren poetischen und regen Schriftwechsel, den berühmten Zettelken, die auf 1700 geschätzt werden. Charlotte – Carlotta!, lachte Woldemar dann mitunter in einer Art männlicher Koketterie.
Und was ist denn aus ihnen geworden?, fragte Petra interessiert.
Das ist eher traurig geendet, Petra. Weißt du: ... denn alles, was entsteht, ist wert, dass es zugrunde geht, zitierte er aus Faust I.
Aber warum denn?
Weil alles vergänglich ist, Petra.
Aber warum ist das so? Dann ist ja alles sinnlos!
Nein, antwortete Woldemar. Stell dir einfach mal vor, die Menschen lebten ewig (vielleicht sagte er auch ewiglich), dann würde im menschlichen Leben alles seinen Wert verlieren.
Oh, menno, Wolle, das musst du mir mal näher erklären, wenn ich groß bin. Aber ich meinte, warum ist denn diese große Liebe oder Freundschaft geendet?
Das ist Tyche. Diese ist in der griechischen Mythologie die Göttin des Schicksals, der glücklichen oder unglücklichen Fügung und auch des Zufalls. Aber du willst sicherlich eine konkrete Erklärung hören. Goethe drohte an seiner Liebe zu zerbrechen, so deutet es die Wissenschaft. Denn weißt du, Charlotte von Stein konnte seiner Werbung nicht nachgeben. Sie war verheiratet und Mutter von drei Kindern und zudem erste Hofdame der Herzogin Anna Amalia. Am gleichen Hofe war ihr Ehemann Rittmeister. So fand Goethe nicht die gesuchte Erfüllung und deswegen machte er sich fluchtartig davon nach Italien. Es war für ihn gewissermaßen notwendig, eine übermächtige

Macht trieb ihn. Nachdem Goethe seine zweijährige <u>Italienreise</u> beendet hatte und nach Weimar zurückgekehrt war, war die Beziehung zu Frau von Stein abgekühlt. Sie war verschnupft darüber, dass Goethe ihr nichts über seine Abfahrt nach Italien verriet. Und Goethe hatte sich natürlich auch verändert.
Oh, das ist aber doch traurig, riefen Carlotta und Petra fast gleichzeitig. Erzähl uns eine heitere Geschichte, Wolle!
Ja, traurig. Aber Goethe meinte im Alter, niemanden in seinem Leben habe er mehr geliebt als Charlotte. Und es sind hunderte Gedichte allein von ihr inspiriert.
Und dann erzählte Woldemar den beiden heitere Geschichten aus seiner Kindheit und Schulzeit.

***

Carlotta schrieb neuerdings an einem Erzählband. Es sollte eine Sammlung von Weihnachtsgeschichten werden. Sie zeigte phantasievolle Ideen. Doch einige davon erschienen den Wuthenows ganz abwegig, ja, teilweise sogar skandalös und dem Thema unangemessen. Sie kritisierten taktvoll ihre Entwürfe und man beriet untereinander. Täglich wurden Passagen dieser Erzählungen mehrmals hin und zurück gesendet und es wurden Beratungsgespräche geführt. Carlotta erwies sich als einsichtig und änderte ihre Texte entsprechend. Dann wurde an den Texten gefeilt und Ergänzungen vorgenommen, bis man meinte, endlich die Idealfassung gefunden zu haben.
Doch dann stellte sich eine Enttäuschung ein. Carlottas Verleger wollte das Manuskript nicht annehmen. Nun kam Carlotta der Zufall zu Hilfe. Über gewisse Verbin-

dungen war Diana als Lehrerin mit dem Verleger gut bekannt. Sie vermochte es, ihn umzustimmen. Das Buch erschien rechtzeitig Wochen vor dem Weihnachtsfest und es wurde ein großartiger Erfolg.

Am Ende des Erzählbandes widmete Carlotta den Wuthenows eine sehr persönliche Danksagung:

Und dann sind da noch Diana und Woldemar Wuthenow ... euer wahnsinnig großer Einsatz ... eure immer ehrliche Kritik ... und eure Vorschläge zu Änderungen, Streichungen, aber auch euer Lob ... immer zu Herzen genommen ... herzlichsten Dank aussprechen ... ohne euch ... das werde ich euch niemals vergessen!

Carlotta Kuhl

***

Schon bald war Carlottas nächste Idee geboren: Sie beabsichtigte, ein Kinderbuch zu schreiben, in dem ihre Tochter und Woldemar die Hauptrolle abgeben sollten oder besser die Ideengeber bildeten. Das Kinderbuch sollte über wunderschöne, ja, bezaubernde Bilder verfügen, das war Carlotta von Beginn an bewusst. Folglich suchte sie tagelang im Internet nach einem beschlagenen Illustrator oder eine Illustratorin – und wurde schließlich fündig!

Sie traf auf die berühmte Fiorella Moonhart aus Rom – so ihr Künstlername – eine Deutsche, bürgerlich namens Elvira Knoke, ursprünglich aus Regensburg stammend. Die beiden schienen sich gesucht und gefunden zu haben. Sie waren beide etwa gleich alt und sprühten nur so voller Ideen. Carlotta übersandte ihr Bilder von ihrer Tochter und von Woldemar Wuthenow und erläuterte ihr ihre

Ideen. Sie sprach immer gern von einem Plot. Carlotta hatte auch schnell einen vielversprechenden Titel zur Hand: „Unser neuer Nachbar, Herr Plingell."
Den letzteren sollte also Woldemar abgeben. Natürlich war er dazu gern bereit. Fiorella war von dem beabsichtigten Stoff von Anfang an begeistert. Eine intensive Zusammenarbeit begann und das Projekt nahm mehr und mehr Gestalt an. Die Abstimmungen zwischen den Künstlerinnen einerseits und mit den Wuthenows wie auch mit Petra andererseits verliefen anregend, spannend und fruchtbar. Carlottas Texte spiegelten eine wundersame, traumhafte Welt und Fiorellas Malkünste würden jedes Kinderherz erfreuen. Selbst die Wuthenows staunten nur, was alles möglich wurde. Das war allerliebst, was die Künstlerinnen darboten.
Nebenbei entstand unter den Künstlerinnen eine intensive Freundschaft, die offenbar Woldemar ohne freilich sein Zutun gestiftet hatte. Das Kinderbuch wurde ein herausragender Erfolg und verkaufte sich prächtig. Es trat hinzu, dass Carlotta inzwischen über ein effektvolles Marketing verfügte. Sie beherrschte inzwischen die geheimnisvolle Klaviatur, wie man ein Buch zu einem Bestseller küren könnte. Ihr Kalender war völlig ausgebucht. Eine Lesung jagte die andere. Und vielfach war selbstverständlich auch Woldemar zugegen, der den Kindern als Herr Plingell in der entsprechenden Kostümierung präsentiert wurde. Er hatte sichtlich auch seinen Spaß daran. Die Kinder samt ihren Vätern und Müttern jubelten und klatschten begeistert Beifall.

Teil III

I

Göttingen, Anfang August 2024

Die erste Information, die wir über einen Menschen erhalten, prägt jeden weiteren Eindruck von ihm. In der Psychologie nennt man diesen emotionalen Mechanismus auch Ankereffekt.
Damit hatte es zu tun, dass Lina Sommer bei den Wuthenows sogleich Einlass finden konnte. Es war schlicht die klare, helle weibliche Stimme von Lina Sommer und ihre charmante, vor allen Dingen empathische Art, wie sie Dr. Wuthenow ihr Anliegen am Telefon vortrug. Man vereinbarte ein nahes Treffen im Hause Wuthenows. Ob die Empfehlung ihrer Mutter mitgeholfen hat, mag vermutet werden oder auch nicht.
Von meiner Seite war es das erstaunliche und bekannte Phänomen der Sympathie auf den ersten Blick. Dieser alte schlanke Mann mit dem Schnurrbart und dem melancholischen Ausdruck im Gesicht, seine zurückhaltende höfliche Art gefiel mir sofort. Dr. Wuthenow trug einen Hoodie mit dem Bildnis von Hemingway und einem längeren Text darauf. Dieser Text gefiel mir so sehr, dass ich ihn bat, nur das Bekleidungsstück fotografieren zu dürfen. Mein Ansinnen gefiel ihm offensichtlich, denn er freute sich über mein Interesse an Hemingway. Auch hatten wir sogleich ein Gesprächsthema, wovon ich zufällig auch etwas wusste.

Sie können mich fotografieren, soviel Sie möchten. Aber bitte keine Veröffentlichungen, meinte er verschmitzt.
Woldemar Wuthenow war von der etwa 40-jährigen eleganten Journalistin mit ihrer hohen sportlichen Statur sehr beeindruckt. Er bemerkte sofort ihre anmutige Ausstrahlung. Sie trug kurze, elegant frisierte schwarze Haare. Ihre braunen Augen funkelten vor Lebensfreude und Energie. Sie trug einen Blazer wie maßgeschneidert über weißer Bluse, was ihre Professionalität dezent unterstrich. Unübersehbar funkelten ihre braunen Augen vor Lebensfreude und Energie.
Es war ein sonniger Tag. Wir setzten uns in den Garten unter einen großen Kastanienbaum. Es war ein naturbelassener Garten, beinahe waldartig, mit vielen hohen Bäumen und Sträuchern und langstieligen Blumenpflanzen, die sich im leichten, lauen Wind wiegten.
Es ist seltsam, aber wir hatten sogleich, wie man so sagt, einen Draht zueinander. Er interessierte sich für Hamburg und wie und wo ich dort wohnte. Er erzählte mir auch von seinem ersten Triathlon in Hamburg, und schon hatten wir natürlich viel Gesprächsstoff. Dr. Wuthenow gewann ich sicherlich vollends für mich, als ich ihn bat, mir doch gern seine Reportage zu schicken, die er bereits erwähnt hatte. Da sprühten ja geradezu seine Augen vor Freude. Er zeigte mir Fotos von dem sportlichen Event, das ich ja selbst schon ein paar Mal absolviert hatte. Und er wollte meine sportlichen Ergebnisse erfahren.
Und welche Disziplin beim Triathlon mögen Sie am liebsten?
Das Schwimmen! Aber eigentlich mag ich alle drei Disziplinen.

Natürlich musste ich ihm auch von meinem Beruf erzählen.
Demnach ist Ihr Schwerpunkt Gerichtsreporterin?
Ja, das stimmt.
Dr. Wuthenow ließ erkennen, dass er sich für meinen Berufsweg interessierte und so schilderte ich ihm meinen Ausbildungsgang.
Und Sie haben demnach vor, über meinen Prozess zu berichten? Dann sehen wir uns ja bald wieder.
Ja, das ist der Fall.
Schön, dass ich Sie vorher kennenlerne. Hoffentlich gehen Sie nicht zu streng mit mir ins Gericht, grinste er mich selbstironisch an.
Oje, darauf wusste ich sogleich nichts zu erwidern. Aber er half mir gleich über die kurz eintretende Pause hinweg, indem er sich nach meiner Mutter erkundigte und mir aufmerksam zuhörte.
Dann kam er ohne jede Scheu von selbst auf seinen bald stattfindenden Strafprozess zu sprechen:

Lina, wenn ich Sie so nennen darf, hamburgisch gewissermaßen, ich kann Ihnen mit Rücksicht auf das schwebende Verfahren noch nichts von meinem Prozess berichten. Wenn ich Ihnen etwas mitteile, hat es lediglich allgemeine Bedeutung und selbst darüber kann ich Ihnen nicht erlauben, mich direkt oder indirekt zu zitieren. Können Sie mir das überhaupt garantieren oder versprechen?

Ja, das kann ich. Ich nehme es auf meine journalistische Pflicht zur Geheimhaltung, und zwar schriftlich. Hier, sehen Sie. Und damit zeigte ich einen vorbereiteten Entwurf mit Vertragsstrafe für jeden Fall der Zuwiderhandlung.

Dr. Wuthenow sah sich das Schriftstück an, schließlich ist er ja praktizierender Jurist.
Sehr gut, danke, dass Sie verstehen, antwortete er mir ernst, doch auch zufrieden.
Ich unterschrieb das vorbereitete Schriftstück und überreichte es ihm.
Es mag ungewöhnlich sein, aber die journalistische Ethik, mir Anvertrautes auch bei mir zu bewahren, nehme ich sehr ernst und auf lange Sicht gesehen, hat es mir viele Türen geöffnet, eben gegenseitiges Vertrauen entstehen lassen. Dr. Wuthenow ließ schließlich praktisch durchblicken, dass er mir nach rechtskräftigem Abschluss des zu erwartenden Strafprozesses das Rätsel seines Verhaltens nahe bringen würde, so hoffte oder deutete ich es zumindest.
Dr. Wuthenow äußerte sich nunmehr bedeutungsschwer:

Lina, sagte er, es gibt im menschlichen Leben gewisse Verletzlichkeiten, die der davon Betroffene beim besten Willen nicht vergessen kann. Es gibt in allem eine Grenze, die zu überschreiten gefährlich ist. Ist sie einmal überschritten, so ist es unmöglich, zurückzukehren.
Ich warf ihm nachdenkliche Blicke zu, stellte aber schnell fest: Einerseits habe ich bei unserem ersten Gespräch nicht mehr erwarten können und andererseits war der Sinn meines Besuches lediglich, ihn zunächst kennen zu lernen und ob sich mein journalistisches Interesse lohnen könnte. Und außerdem hatte er mich mit seiner Bemerkung aus einer ziemlichen Verlegenheit befreit. So lenkte ich nun das Gespräch auf ein anderes Thema, das mich interessierte. Darf ich Sie auch etwas Persönliches zu Ihrem Beruf fragen, Herr Dr. Wuthenow?

Nur zu.
Nun, das wäre praktisch eine Art Interview zu Ihrem Beruf, das anonym verbleiben wird. Darf ich es aufzeichnen?
Meinetwegen ja, aber dann soll es sich auch auf meinen Beruf beschränken.
Danke. Dabei drückte ich die Aufnahmetaste meines Handys.
In wenigen Jahren werden Sie 80. Warum praktizieren Sie noch?
Ich bin dankbar, dass ich das noch kann. Ich möchte zunächst eine allgemeine Antwort geben: Der Mensch macht so oft wie möglich das, was er am besten kann. Wofür wir brennen, erfüllt uns. Und im Besonderen: Wahrscheinlich liebe ich meine Arbeit zu sehr, um sie aufzugeben, ehe es sein muss. Ich fühle mich privilegiert, dass ich am Privatleben so vieler Menschen teilnehmen darf. Jeder Fall ist vollkommen anders, und nach so vielen Dekaden bin ich in meinem Fach wohl gut geworden.
Aber Sie haben doch gewiss Schwerpunkte und übernehmen sicherlich nicht mehr jeden Fall, oder?, streute ich ein.
Das stimmt. Ich komme darauf zurück. Will nur eben meinen Gedanken zu Ende führen:

Meine Erfahrungen brach liegen zu lassen, käme mir vor wie Vergeudung. Es erfüllt mich mit Genugtuung, wenn ich einen Konflikt oder ein Problem zu einem guten, mindestens zu einem erträglichen Ende führen kann. Sie können es Passion nennen. Um Ihre Frage zu beantworten: Im Laufe meiner beruflichen Laufbahn habe ich früher vielfach Firmenberatungen gemacht und Prozesse für diese Firmen natürlich führen müssen, aus wirtschaftlichen Gründen zumeist unter enormen Erfolgszwang. Bis ich feststellte, dass mich menschliche Probleme, das Schicksal von Menschen, weitaus mehr interessierten. Eine Ehescheidung oder ein Erbfall oder eine Vertragssache kann für die Betroffenen eine existenzielle Bedrohung bedeuten. Hier dürfen Sie sich als Jurist und Anwalt und auch als Psychologe keinen Fehltritt erlauben oder anders gesagt, man muss die Zeichen deuten lernen.

Das bedeutet sicherlich auch, die Beweggründe der Gegenseite herauszufiltern, fragte ich wissbegierig.
Ganz recht. Die Wege von Menschen zeigen sich häufig als vermeintlich unergründlich. Dazu tritt, dass die Menschen fast regelmäßig aus mehrfachen Motiven agieren. Die Gegenspieler, also Gericht und Gegenanwalt oder auch Staatsanwaltschaft treten hinzu. Neben den eigenen Erfahrungen ist eine verlässliche Intuition gefragt.
Das Gericht ist auch Gegenspieler?
Ja, da es ja Menschen sind. Sie glauben ja gar nicht, wie unterschiedlich sich die einzelnen Gerichte gerieren!
Und darf ich auch bitte einmal ganz direkt fragen?, warf ich ein.
Ja, bitte, Frau Sommer.
Sie müssen dann doch sicherlich auch auf der richtigen Seite stehen. Ich meine, woher wissen Sie das denn?
Vollkommen richtig! Moral und auch Ethik sind unbedingt zu berücksichtigen.
So müssen Sie herausfinden, ob der Mandant z. B. ehrlich zu Ihnen ist.

Sie sollten überzeugt sein, das Richtige zu tun und müssen es verantworten können. Das Problem ist wirklich fundamental. Es geht dabei nicht nur darum, dass Sie auch vom eigenen Mandanten belogen werden können, vielmehr belügen sich die Menschen häufig selbst und machen sich und auch ihrem Anwalt unbewusst etwas vor. Menschliche Irrungen und Wirrungen sind an der Tagesordnung.
Und wie meistern Sie das?
Ein Rezept dafür gibt es leider nicht. Es führt etwas mit sich, dass man vielleicht Mysterium nennen könnte. Kontingenz und Zufall sind mitzudenken. Also, es hat nichts mit Schach gemein, allerdings sollte man stets etwas weiter denken als der Gegenpart.
Kontingenz?, fragte ich.
Bravo!, rief Dr. Wuthenow ehrlich überrascht aus. Diese Frage ist vollauf berechtigt. Denn die moderne Philosophie unterscheidet nicht zwischen Kontingenz und Zufall. Sie verwendet die Begriffe synonym. Richtiger oder besser ist indessen die antike Bedeutung von Kontingenz und Zufall, die nach Aristoteles streng zu unterscheiden sind. Hiernach meint Kontingenz, vereinfacht gesagt, die vielfachen Möglichkeiten, die zukünftig eintreten können und die gerade nicht notwendig eintreten müssen. Das bedeutet, dass ein eingetretenes Geschehen auch anders hätte verlaufen können.
Beim Zufall haben wir es indessen mit etwas zu tun, das bereits eingetreten ist.
Was demnach bedeutet, dass aus der ursprünglichen Kontingenz Wirklichkeit geworden ist und folglich dann eine andere neue Kontingenz zum Leben erwacht ist. Und Zufall? Ist es Zufall, wenn man sich verliebt?

Nein, erwiderte Dr. Wuthenow. Es ist vielmehr Ereignis im Sinne der modernen französisch geprägten Ereignisphilosophie.
Schon wieder so etwas, was ich noch nie gehört habe.
Ich fand das alles interessant. Ich hatte auch noch andere Fragen zu dem Phänomen Zufall, aber ich wollte Dr. Wuthenow nicht weiter unterbrechen.
Häufig kommt mir eine weiterführende Idee in meiner Freizeit oder des Nachts, fuhr Herr Wuthenow fort, wenn ich aufwache. Ich staune dann selbst. Vielleicht ist es Eingebung, vielleicht Spiritualität, also sind auch jene Bereiche und Erfahrungen von Menschen gemeint, die über die je unmittelbare Wirklichkeit des Individuums hinausreichen. Oft wird dafür auch der Begriff der Transzendenz verwendet.
Oh, das ist ja richtig spannend jetzt!, rief ich begeistert.
Und mich freut es, dass ich Ihr offensichtliches Interesse finde.
Ja, das ist ja unwahrscheinlich, plötzlich bewegen wir uns im Bereich der Philosophie.
Nun ja, die Möglichkeit des Unmöglichen ist mitzudenken, wenn man begreift, dass das Unmögliche nur das ist, was wir nach derzeitigem Stand der Wissenschaften, oder wenn man lieber will, der Erfahrungen oder der Vernunft dafür halten.
Das ist ja irre, das hätte ich nicht gedacht, dass Ihr Beruf so viele Aspekte berührt!
Um zur Ausgangslage zurückzukehren: Zu helfen, ist für mich sehr befriedigend. Es bedeutet zumeist, einen Menschen viele Monate zu begleiten, manchmal jahrelang. Und das Ganze zeigt stets unterschiedliche Dynamiken.

Diese zu lesen und nutzbar zu machen, ist, wie wir gesehen haben, durchaus geheimnisvoll und für mich eben auch spannend.
Ich war wirklich angenehm von Dr. Wuthenows Sicht auf seine Berufswelt überrascht und mir wurde bewusst, dass ich davon nur profitieren könnte.
Ich denke, dass er mein Interesse gespürt hat. Das gab mir den Mut, ihm zu eröffnen:

Übrigens, unsere Illustrierte macht auch gerade eine Serie über den Beruf des Rechtsanwaltes. Wir interviewen dazu Anwälte. Also, wenn Sie Interesse haben, ich meine, nach Ihrem Prozess?

Nur, wenn Sie das Interview mit mir führen, Lina, antwortete Herr Wuthenow verschmitzt.
Wollen Sie mir dann vielleicht einen Ihrer wichtigsten Fälle schildern?
Später, ja, vielleicht. Der Fall ist leider sehr tragisch.
Damit ließ es Dr. Wuthenow bewenden, und ich passte mich natürlich an, da ich bemerkte, dass ihn die Erinnerung sehr bewegte.
Vor meinem späteren Abschied überreichte mir Woldemar Wuthenow noch eine Telefonnummer, die mir für eine Platzreservierung in dem gerichtlichen Verfahren dienlich sein würde. Das war mir durchaus viel wert. Ich hatte einen vielversprechenden Nachmittag erlebt.

2

Hamburg, August 2024

Nur wenige Tage später erhielt ich von Woldemar Wuthenow einen dicken Brief im DIN-A4-Format. Es enthielt seine Reportage von seinem Triathlon in Hamburg.

Werte Frau Lina,
zu Ihrer Kurzweil oder Erbauung
gern Ihnen zugeeignet meine Reportage: Start-Nr.: 4321.
Diese soll übrigens alsbald in einer Sportillustrierten veröffentlicht werden.

Für Sie immer eine Handbreit Wasser unter die [sic!] Kiel!
Herzliche Grüße
Ihr
Woldemar Wuthenow

Ich studierte aus Zeitmangel zunächst nur den Anfang. Puh, das war ja witzig geschrieben und fachmännisch auch. Es lagen auch gekonnte Sportfotos bei, auch vom Schwimmen in der Alster. Eines zeigte ihn in Rückenlage. Da musste der Fotograf ein sehr gutes Tele eingesetzt haben. Ich sparte mir die Lektüre für den Abend auf, denn gleich würde ich mit Micha konferieren.
Ich hatte Micha natürlich schon meine ersten Eindrücke von Dr. Wuthenow vermittelt. Schau, Micha, diese Fotos habe ich in seinem Garten gemacht. Er ist alt, aber im

ganzen Habitus wirkt er nicht ältlich, groß und schlank, sportlich und lebhaft interessiert. Er hat irgendetwas, was ich noch nicht genau definieren kann, vielleicht lässt es sich als Format bezeichnen.
Und, Lina, hat er dir was zur Sache sagen können. Ist da was für uns drin?
Noch nicht, Micha, das ist doch klar, dass er in dem schwebenden Verfahren noch nichts öffentlich sagen kann.
Aber dir vertraulich schon, oder?
Nur eine Andeutung. Aber ich spüre das, da steckt was Skandalträchtiges hinter. Du wirst sehen.
Hm, na gut, Lina. Aber was könnte er uns schon Neues liefern? Die Fakten liegen auf dem Tisch. Hat er inzwischen einen Anwalt?
Nein, vorerst will er keinen Anwalt. Ich hab übrigens inzwischen auch ein paar Telefonate mit Anwälten in Göttingen geführt. Du wirst dich wundern, Wuthenow hat durchweg bei denen immer noch einen guten Ruf: Absolut seriös, kollegial und auf der Höhe. Manche, die ihn schon lange kennen, sagten sogar, er wäre beruflich noch genauso gut wie mit Mitte 50. Es wird freilich #MeToo, die Feministen und Alice Schwarzer & Co. nicht aufhalten. Das Kesseltreiben im Netz ist im vollen Gange und die Zeitungen ziehen nach. Am Freitag findet eine Demonstration statt vor der Anwaltskammer in Braunschweig. Sie wollen seinen Kopf rollen sehen, sprich, dass dem Wuthenow die Anwaltszulassung entzogen wird.
Und, glaubst du das, Micha?
Nicht wirklich, es wird ein Disziplinarverfahren geben. Aber das wird aufgeschoben werden, bis ein Strafurteil da ist.

So in etwa war der erste Teil unseres Gespräches verlaufen. Mit den Worten, ich solle am Ball bleiben und ihn informiert halten, hatte er unser Gespräch wohl für beendet erklären wollen. Aber ich habe ihn aufgehalten mit den Worten:

Micha, ich habe nach dem Besuch bei Wuthenow gleich noch bei seinem Opfer vorbeigeschaut!
Oh, tüchtig, tüchtig. Ja, wenn du schon mal in Göttingen warst. Nun spann mich nicht auf die Folter!
Nun ja, ich platzte offensichtlich in eine Runde von Aktivistinnen von Gewalt gegen Frauen e.V. Ein Reporter der Regionalpresse war auch zugegen. Die Carlotta Kuhl war natürlich der Mittelpunkt. Sie ist eine attraktive, selbstbewusste Frau und wusste an allen Enden zu scharmieren. Den angeblichen Schock hat sie längst überwunden. Sie genießt die Publicity.
Also ein willkommenes Sprungbrett für sie, oder?, bemerkte mein Ressortleiter.
Und den Wuthenow hat man zur Sau gemacht, stimmt's?
Micha, das kannst du dir gar nicht vorstellen, was die dem alles an den Hals wünschten. Shitstorm hoch zwei wie bei Telegram, es war wirklich übel. Auf meine eher sachte Frage, ob man was über sein Motiv wüsste, wurde ich niedergejohlt. Darauf war ich aber natürlich vorbereitet. Carlotta Kuhl versuchte natürlich trotzdem, nett zu mir zu bleiben. Logisch, sie möchte in unserem Blatt auch gut wegkommen. Sie sagte, es hätte mal ein Missverständnis mit dem Anwalt gegeben, aber das sei so harmlos gewesen, dass sie Einzelnes auch gar nicht mehr erinnere. Zum Abschied teilte sie mir mit, die Familie

hätte einen Fachanwalt für Strafrecht beauftragt, einen Dr. Grop.
Nomen est omen, grinste mich Micha an.
Das war unser erstes Gespräch nach meinem Besuch bei Wuthenow und dieser Autorin. Ich schätzte, dass mir Micha heute konkrete Vorgaben präsentieren würde. So kam es auch.
Also, Linda, unsere Juristen meinen, der Wuthenow solle sich mit Blick auf seine Anwaltskammer besser öffentlich entschuldigen. Er hätte seinem Berufstand schließlich Schaden zugefügt. Und wenn wir das als Erste veröffentlichen könnten, hätten wir alle was davon!
Micha, das ist zwar ein vernünftiger Aspekt. Aber das wird Dr. Wuthenow nicht tun, erwiderte ich.
Wieso denn nicht, schließlich war es doch offenbar eine Affekthandlung. Und das heißt doch, dass er sich nicht hat beherrschen können?
Schon, aber vor dem Affekt war ja was. Und das kennen wir noch nicht. Und kennst du nicht das Sprichwort „Wer sich entschuldigt, klagt sich an"?
Was willst du denn damit sagen?
Guck dir mal diesen Angriff genau an. Ich finde, das war genau dosiert. Es hätte ja auch eine kräftige Ohrfeige sein können oder Schlimmeres!
Ja, na und?
Mit diesem Drehen an ihrem Ohr zwang er die Carlotta in die Knie. Er erzwang eine Geste der Demut. Das kann alles unbewusst abgelaufen sein. Aber es hat etwas Symbolisches. Wir könnten es Demütigung nennen.
Du meinst, das sei ihm so wichtig, dass ...

Dass er jedenfalls keinen Rückzieher machen wird. Bedenke mal, wie lange das Zerwürfnis dieser beiden zurückliegt. Das sind 6 Jahre. Daraus folgt, dass es etwas sehr Schwerwiegendes gewesen sein muss, was damals passiert ist.
Hm, hört sich spannend an, Lina. Du bist sehr engagiert und offensichtlich auf Seiten dieses Anwaltes. Aber dir ist schon klar, dass du neutral bleiben musst? Wir werden die gesamte Emma-Presse und Co. gegen uns haben, wenn wir zu parteiisch sind.
Das ist mir schon bewusst, Micha. Aber das hatten wir damals auch, erinnerst du dich?
Klar, du meinst den Fall Kachelmann?[7] Damals warst du noch unsere Volontärin. Wirklich erstaunlich, du hast damals alles richtig bewertet und vorausgesagt. Die Anstellung in unserem Blatt war dir damit sicher.
Dieser Fall ist ja nicht vergleichbar, Micha. Aber ich kann mich nicht erinnern, dass mich mein Bauchgefühl mal grundlegend getrogen hätte.
Gut, Lina, ich hätte es dir gleich eingangs sagen sollen: Die Redaktion überträgt dir die Gerichtsreportage!
Ich warf Micha eine Kusshand zu. Denn ich wusste, dass ich es vor allem ihm zu verdanken hatte.
Meinst du, du könntest Dr. Wuthenow zu einem Exklusiv-Vertrag bewegen?
Merkwürdig, aber davon war ich ohne weitere Überlegung überzeugt und so sagte ich sehr bestimmt: Ja!
Ok, danke, Lina. Bin gespannt, was sich da noch tut. Vorerst übernehmen wir nur die Kurznotizen der Presseagenturen.

3
Göttingen, September 2024

Mitte September erhielt Dr. Wuthenow die Anklageschrift der Staatsanwaltschaft Göttingen per förmlicher gerichtlicher Zustellungsurkunde:

An das
Amtsgericht Göttingen
Berliner Str. 8
37073 Göttingen

Göttingen, den 15.9.2024

Anklageschrift

In der Strafsache
gegen den Rechtsanwalt und Notar a.D. Dr. Woldemar Wuthenow, geb. am … verh., aus … Deutscher

Aktenzeichen …

wird der Angeschuldigte angeklagt,
eine vorsätzliche gefährliche Körperverletzung mittels eines hinterlistigen Überfalls begangen zu haben,
indem er am …

strafbar gemäß § 224 STGB

Wesentliches Ergebnis der Ermittlungen:

…

Es wird beantragt,
ein Strafverfahren gegen den Angeschuldigten zu eröffnen.

Rainer Strenge
Staatsanwalt

Es wurde ihm vom Amtsgericht erneut Gelegenheit zur Stellungnahme eingeräumt.
Unterschrift: Dr. Leonardi, Richter am Amtsgericht.

Dr. Leonardi! Eigentlich kein schlechtes Vorzeichen, dachte Wuthenow. Er war mit ihm stets ordentlich gefahren, ja, eigentlich schätzte er ihn. Aber was bedeutete das schon? Ob es auf Gegenseitigkeit beruhte, wusste er nicht. Immerhin, er wusste, dass Dr. Leonardi zunächst Germanistik studiert hatte, die klassische Literatur liebte und seine Verhandlungen gern mit Zitaten würzte. In der Anwaltschaft erzählte man sich gern Anekdoten über ihn, durchaus angenehmer Natur. Richter Leonardi war allseits angesehen. Aber was der wohl jetzt von ihm denken müsste?
Ja, ja, sann Wuthenow weiter, wer mit dem Feuer spielt, verbrennt sich eines Tages die Finger. Aber er war nicht wirklich über den gesteigerten Anklagevorwurf überrascht. Und jede Weisheit hat wie die Münze zwei Seiten, dachte er.
Er hatte sich in dem Ermittlungsverfahren nicht eingelassen und geschwiegen. Das beabsichtigte er auch beizubehalten. Er wollte auch keinen Verteidiger beauftragen. Sicher, zu gegebener Zeit würde er Akteneinsicht über einen Kollegen nehmen, aber mehr auch nicht. Er beabsichtigte, sich vor Gericht allein zu vertreten. Von

der Anklageschrift sagte er Diana nichts. Er wollte sie nicht beunruhigen. Er meinte, dazu bestehe auch gar kein Grund. Ha, ha, ha, da hatten sich die Kuhls und ihr Anwalt was Schönes ausgedacht und die StA war ihnen gefolgt von wegen „hinterlistigen Überfalls". Es sollte möglich sein, diesen Vorwurf auseinanderzunehmen. Und da fiel ihm auch der Gegenspruch ein: Wer mit Gefühlen spielt, spielt mit dem Feuer, und wird sich verbrennen.

§ 224 StGB

Gefährliche Körperverletzung
(1)
Wer die Körperverletzung
...

3. mittels eines hinterlistigen Überfalls,
...
begeht, wird mit Freiheitsstrafe von sechs Monaten bis zu zehn Jahren, in minder schweren Fällen mit Freiheitsstrafe von drei Monaten bis zu fünf Jahren bestraft.

(2)
Der Versuch ist strafbar.

4

Sprachnachricht aus Rom

Carlotta befand sich mit ihrem PKW auf dem Weg von Göttingen nach Hause, als sie eine Sprachnachricht von ihrer Freundin Elvira aus Rom erhielt. Sie hielt ihr Fahrzeug bei bester Gelegenheit an, um sich den Text in aller Ruhe anzuhören:

Liebe Carla,

tut mir leid, dass ich mich erst so spät melden kann. Hatte dir ja schon angekündigt, dass hier 24/7-Woche praktiziert wird. Ich bin bei der Produktion des Films nicht nur Animations-Designerin, sondern auch Co-Drehbuchautorin und Cut-Assistentin und bei jedem Dreh bin ich am Set dabei. Das kannst du dir gar nicht vorstellen, was hier alles abgeht! Spätabends falle ich total müde sofort ins Bett.
Jetzt hast du mir diese Anklageschrift gesendet. Oha, sieht ja so aus, als würdest du den Woldemar hinter Gittern bringen wollen, oder? Ich kann von hier aus wohl nicht alles richtig einordnen. Mir ist alles ein großes Rätsel, glaube allerdings nicht, dass der Wolle völlig ohne jeden Verstand gehandelt hätte, quasi verrückt geworden ist. Seinen Übergriff sehe ich als Handlung im Affekt und die Tatumstände deuten darauf hin, dass er ein Zeichen,

also ein Symbol hat setzen wollen. Mir scheint es möglich, dass er dir eine Entscheidung auferlegen wollte. Ja, auf fragwürdige und zu verurteilende Weise, das ist ja klar. Gleichwohl, nach so vielen Jahren zeigt er dir seine fortdauernde Verletzlichkeit. Solltest ihn aber nicht unterschätzen. Also, was ich meine ist, äh, also so ein Gerichtsverfahren hat ja zwei Seiten. Es werden ja auch die Hintergründe zur Sprache kommen, meine ich. Und das kann ja eigentlich auch nicht in deinem Sinne sein.
Hat dich dein Anwalt eigentlich mal danach gefragt, welches Motiv hinter seiner Tat von dir vermutet wird? Falls nein, bin ich eher befremdet und weckt es Zweifel in mir seine Kompetenz betreffend. Weißt du noch, wie Wolle mich damals ausgefragt hat? Du und ich, wir haben uns damals sehr darüber aufgeregt. Aber wie sich später zeigte, hatte alles Sinn und Verstand und seine weite Vorausschau bewahrheitete sich stets. Er war seinem Gegenpart immer ein Stückchen voraus. Nun noch was anderes: Du erinnerst dich bestimmt, dass ich damals sehr dafür war, dass ihr euch wieder die Hand reichen solltet. Ich wollte auch ganz neutral bleiben und mich da raushalten. Hab ja damals viel mit Wolle korrespondiert, das weißt du ja. Bin dann doch auf deine Seite aus Solidarität natürlich. Muss dir sagen, heute nach so vielen Jahren sehe ich das bedenklicher. Hätte wohl doch besser getan, wenn ich versucht hätte, zwischen euch zu vermitteln. Habe hier einen Dominikaner kennen gelernt und mich mit ihm über das Thema ausgetauscht, einen Padre, also Priester. Nun ja, der sieht es so wie ich heute: Den Ausschlag für den Streit hast du damals gegeben, wenn du dich mal ehrlich machst. Nee, wäre meiner Meinung nach wirklich

besser gewesen, wenn ihr mal richtig gehend miteinander gestritten hättet. Ein Streit kann auch fruchtbar und heilsam sein. Aber du bist immer stur geblieben. Vergiss mal nicht, was du und deine Familie ihm zu danken habt. Du hast das offenbar alles gut verdrängt. Stets sagtest du, alles sei doch ganz harmlos gewesen. Das sehe ich nicht mehr so. Woldemar wegen seines Alters zu diskriminieren, so ist jedenfalls meine Einstellung heute, erscheint mir mehr und mehr nicht recht. Auch wenn du das alles längst vergessen hast, es ist nun mal geschehen und tief in dir versenkt. Doch das Unbewusste vergisst nichts. Plötzlich dringt etwas an die Oberfläche, an das du schon längst nicht mehr denkst. Und wir werden alle älter und sind es schon geworden. Ach, und übrigens: Meinst du wirklich, du hättest Woldemar noch achten können, wenn er damals deinen letztlich beleidigenden Direktiven nach gekommen wäre?
Sie macht eine Pause.
Denk mal über diese Seite nach! Äh, nun hoffe ich, du kannst mit meiner neuen Einstellung zu dieser Sache umgehen. Früher hast du mich wegen meiner direkten Art stets gern gelobt. Nun möchte ich dir noch etwas ganz Privates berichten. Also, der Padre hat eine Schwester. Sie ist Ärztin, Doktorin und arbeitet im Vatikanstaat. Dort gibt es zwar kein Krankenhaus, aber eine Krankenstation eben auch für die Nonnen. Oh, sie hat mir zusammen mit ihrem Bruder wundervolle Schätze im Vatikan gezeigt. So Schönes, so Erhebendes habe ich noch nie gesehen und gar nicht für möglich gehalten. Als ob mir die Augen geöffnet worden wären. Nun, wie soll ich es dir sagen, es ist ein wundersames Ereignis über uns gekommen. Wir

sind uns über die Religion und die Kunst näher gekommen. Ich glaube, ich bin verliebt in sie und sie erwidert meine Gefühle, das spüre ich. Ist das nicht wunderbar? Ein spätes Glück! Am liebsten möchte ich mit ihr zusammen ziehen und leben. Aber es ist noch nicht spruchreif. So behalte es für dich. Sie heißt Mariella. Bis bald, meine liebe, bleib mir gewogen und lass es dir gut gehen! Tschüss!
Nach dem Abhören dieser Nachricht verharrte Carlotta bewegungsunfähig wie festgefroren auf ihrem Fahrersitz. Eben noch pure Heiterkeit war sie beim Anhören der Nachricht mehr und mehr in eine tiefe Unzufriedenheit geraten, ja, in eine depressive Gestimmtheit. Ihr war, als fiele sie in ein tiefes Loch. Sie benötigte lange Zeit, sich aus ihrer Lethargie zu lösen und ihr Fahrzeug zu starten, um die Fahrt fortzusetzen. Zum Glück dauerte es nur wenige Minuten, dass sie ihr Zuhause erreichte. Nun zeigte sich, dass etwas in ihr gegen diese Zuschreibungen von außen aufbegehrte, dass sie sich nicht in diese oder jene Kategorie einsortieren lassen wollte. Das Nicht-Identische rebellierte in ihr und wandelte ihre Niedergeschlagenheit in eine Form von Wut. Sie griff zu ihrem Handy und übermittelte Detlef die Hörnachricht von Elvira mit dem Zusatz: Jetzt ist sie verrückt geworden! Detlef antworte sogleich per Kurznachricht:

Nicht aufregen, Muckelchen! Erst mal eine Nacht darüber schlafen. Wir entscheiden am WE.
Wie merkwürdig, Carlotta fühlte sich gleich viel besser.

Teil IV

I

Petra

Petra war ein hochintelligentes Mädchen. Als Petra die vierte Klasse besuchte, galt ihre Vorliebe der Geschichte und hier im Besonderen der deutsch-deutschen Geschichte. So fragte sie Woldemar oft, der in der ehemaligen DDR und später in Ost- und West-Berlin aufgewachsen war, wie er diese Zeiten erlebt hätte.
„Woldemar, erzähl doch mal, wie war das in der Grundschule? Warst du auch junger Pionier? Und wie war das mit der Mauer?"
Woldemar freute sich, dem Kind aus seinen ureigenen Erfahrungen in diesen bewegten Zeiten zu berichten. Petra fielen immer wieder neue Fragen ein und Woldemar hatte die Gabe, spannend zu erzählen.
Er war zum 50. Jubiläum der filmischen Langzeitdokumentation „Die Kinder von Golzow" gefahren, hatte an der anschließenden Filmnacht teilgenommen und viele Eindrücke fotografisch festgehalten, auch mit dem Regisseur Junge und einigen Protagonisten sprechen können.
„Golzow? Wo liegt das denn, Woldemar?", fragte Petra.
„Das ist ein Dorf unweit der Oder, also in Brandenburg im Oderbruch. Dort ist die Oder ein riesig breiter Strom und gegenüber liegt Polen. Der Regisseur Wilfried Junge und seine Frau Barbara haben mit der Kamera von der ersten

Klasse an Schüler 50 Jahre lang begleitet. Es handelt sich um den längsten Dokumentarfilm der Welt und dieser ist im Guinnessbuch der Rekorde aufgenommen worden."
„Oh, das ist aber toll!"
„Es ist wirklich eine herausragende Leistung und filmisch phantastisch! In Golzow gibt es seit einigen Jahren auch ein Filmmuseum. Ich war zweimal in dem Ort", berichtete Woldemar.
„Erzähl mir doch mehr noch davon, Wolle!"
„Ja, weißt du, die Filme beleuchten nicht nur die einzelnen Lebensgeschichten der Schüler und Schülerinnen, sondern geben auch einen tiefen Einblick in die Geschichte der DDR und der Wiedervereinigung Deutschlands sowie in die Ästhetik und den Anspruch des ostdeutschen Defa-Dokumentarfilms."
„Wie lang ist denn der Film, Woldemar?"
„Die Filme wurden auf vielen Festivals gezeigt, unter anderem elfmal auf der Berlinale. Zwischen 1961 und 2007 sind 19 Filme mit einer Laufzeit von 42,5 Stunden entstanden, zusammengeschnitten aus mehr als 400 Kilometern 35-mm-Film-Material."
Manchmal hörte auch Carlotta interessiert zu und sie erfreute sich sichtlich an der besonderen Wissbegier ihrer Tochter.
Woldemar ließ es bei diesen Schilderungen auch nicht bewenden. Er schenkte Petra von dem Filmwerk die erste CD „Wenn ich erst zur Schule geh". Carlotta und Petra waren beide von den putzigen Aufnahmen der ABC-Schützen begeistert, auch von der zugewandten jungen Lehrerin und überhaupt von der Idylle der Umgebung des kleinen Ortes.

Der Film wurde damals natürlich noch in Schwarz-Weiß gedreht und strahlt vielleicht gerade deswegen eine besondere heimische Atmosphäre aus. Schon die ganz Kleinen lernten die Kinderhymne (Text von Bertolt Brecht, Melodie von Hanns Eisler). Bei einem Ausflug in die Landschaft hört man sie singen:

„Anmut sparet nicht noch Mühe
Leidenschaft nicht noch Verstand
Daß ein gutes Deutschland blühe
Wie ein andres gutes Land.
..."

„Tatsächlich klingt das Lied am schönsten, wenn es von Kindern gesungen wird. Als ich das 50. Jubiläum dieser gigantischen Langzeitchronik besuchte, hat ein junges Mädchen das Lied solo mit Klavier-Begleitung gesungen. Ich habe niemals wieder eine so wunderbare und zauberhafte Interpretation erlebt", schwärmte Woldemar.
Da Petra von der CD so angetan war, schenkte er ihr nach und nach alle 19 CDs.
Petra kam später wieder auf ihre Frage zurück: „Wie war es denn nun bei den jungen Pionieren, Woldemar? Hast du auch eine Uniform getragen?"
„Die Jungpioniere erhielten ein blaues Halstuch mit einem weißen Hemd bzw. weißer Bluse. Ich selbst durfte nicht Pionier werden."
„Warum denn nicht?"
„Ja, weißt du, das ist politische Geschichte. Wenn du groß bist, erkläre ich dir die Zusammenhänge."
„Woldemar, meine Eltern und ich waren noch nie in Berlin. Es sollen dort noch ein paar hundert Meter von der

Mauer mit den Grenzanlagen stehen. Kannst du uns nicht einmal dort hinführen? Und durch das Brandenburger Tor möchte ich auch einmal laufen."
„Na sicher kann ich das! Ich zeige dir in Berlin, was immer du sehen möchtest. Und ich zeig dir auch in Berlin Plätze, die in kaum einer Karte verzeichnet sind, die aber ganz bestimmte Besonderheiten aufweisen, die in keiner anderen Stadt zu finden sind!"
„Oh, fein, darauf freue ich mich. So möchte ich einmal auch gern auf der Glienicker Brücke stehen. Und im Zoo möchte ich gern das kleine Nilpferd-Baby besuchen."
„Wenn weiter nichts ist, Pitta! So wünsch dir doch von deinen Eltern den Besuch zu deinem alsbaldigen Geburtstag. Von hier aus sind wir in dreieinhalb Stunden mit dem PKW da. Mit dem ICE sogar in nur zwei Stunden und 20 Minuten und 12 Minuten später bereits im Zoo!"
„Das will ich tun, Wolle. Falls meine Eltern beruflich verhindert sind, fährst du dann allein mit mir dorthin?"
„Wenn deine Eltern es gestatten, warum denn nicht?"

2
Carlotta

Carlottas literarische Ambitionen verlagerten sich. Ihr neustes Projekt sollte ein erster kompletter Jugendroman sein. Zu diesem Genre hatten indessen die Wuthenows so gut wie keinen Zugang. Zwar erhielten sie von Carlotta immer noch Passagen ihres Manuskriptes zur Korrektur und stilistischen Prüfung, aber es zeigte sich, dass sich die Präferenzen geändert hatten. Woldemar hatte 2016 mit Sport angefangen. Er trainierte für einen Triathlon. Das interessierte nun wiederum Carlotta weniger oder gar nicht. Abgesehen vom Altersunterschied schien man sich in andere Richtungen zu bewegen. Carlotta und Fiorella wurden unzertrennliche Freundinnen und sie schloss im Büchermarkt einige wichtige neue Bekanntschaften, nicht zuletzt zur Presse. Was ihre Aktivitäten im digitalen Netz anging, war sie sehr umtriebig und inzwischen auf allen Kanälen, die ihr für die Vermarktung ihrer Bücher von Wichtigkeit erschienen, zu Hause.
Woldemar bemerkte an Carlotta leichte Wesensveränderungen. Sie benahm sich mitunter launisch, mürrisch und zeigte deutliche Stimmungsschwankungen. Ihre Meinungen trug sie häufig apodiktisch vor. Ernste Differenzen zeigten sich während der Flüchtlingskrise 2015/2016. Carlotta verkündete ihm, alle Ausländer seien Kanaken.

Er widersprach. Er versuchte ihr den Unterschied zwischen der bevölkerungspolitischen Problematik, die man kritisch betrachten könnte, und der Schau auf das Individuum nahezubringen. Aber von ihrer fremdenfeindlichen Einstellung rückte sie keinen Schritt ab. Wuthenow klammerte das Thema künftig aus.

Was ihre Stimmungsschwankungen anbelangt, verwiesen Carlotta und auch Detlef auf das bekannte prämenstruelle Syndrom, kurz PMS genannt, und trafen bei den Wuthenows natürlich auf Verständnis. Tatsächlich war Carlotta jeweils nach wenigen Tagen wieder die alte und die Freundschaft der Familien erlitt keine Einbußen. Carlotta und ihre Tochter freuten sich jedes Mal, wenn Wuthenow sie besuchen kam und die Familienfeste waren wie immer von herzlicher Stimmung geprägt. Wuthenow fühlte sich wohl im Kreise der Familie Kuhl, was einer gegenseitigen Anerkennung entsprach und von ihm auch so empfunden wurde.

Aber nach Jahren der Harmonie gab es auch Misshelligkeiten, die sich für Wuthenow völlig überraschend einstellten und ihm zu denken gaben. Carlotta kritisierte plötzlich seine berufliche Arbeitsweise in einer sehr unangemessenen Art und Weise. Das machte Woldemar sprachlos, da sie die Zusammenhänge gar nicht überblicken konnte. Sie hatte ihm ein kompliziertes Mandat eines Freundes vermittelt. Der Mandant hatte sich offensichtlich bei ihr beschwert, dass er ihm sehr persönliche, er meinte wohl zu intime Fragen gestellt hätte. Es ging um die Scheidung seiner langjährigen Ehe. Das Paar lebte in Schweden. Sie waren beide Deutsche, mithin musste auch internationales Scheidungsrecht studiert werden. Die Partner hatten

drei Kinder und zeigten eigentlich gar keine Probleme, jedenfalls wurden ihm solche nicht vermittelt. Der Ehemann war von dem Scheidungswunsch seiner Frau vollständig überrascht worden. Daher stellte Wuthenow dem Mandanten auch Fragen nach dem Intimleben des Paares. Carlotta ereiferte sich bei ihm aber gerade über diese Vorgehensweise, was er für anmaßend und dumm erachtete. Aber später erklärte er ihr, warum er solche persönlichen Fragen für notwendig hielt. Nun muss fairerweise gesagt werden, dass Carlotta damals noch einsichtig war und sich auch entschuldigt hat. Die Sache war damit auch aus der Welt geschaffen. Doch fragte sich Woldemar: Wie kann es sein, dass Carlotta ohne vorherige Rückfrage bei ihm seine berufliche Erfahrung plötzlich in Frage stellte, obgleich sie seine Fähigkeiten bislang stets anerkannt und gewürdigt hatte und er noch jede Rechtsangelegenheit für die Familie zu einem Erfolg geführt hatte?
Viel einschneidender war ein Vorkommnis 2019, als Woldemar in Hannover einen Triathlon bei 34 Grad Celsius absolvierte. Wider Erwarten – denn sie hatte kein Interesse an Sport – hatte sich Carlotta bereitgefunden, ihn mit ihrer Tochter zu begleiten und Fotos von seinem Wettkampf zu machen. Dieser Tag wurde zu einem Fiasko und das gleich in mehrfacher Hinsicht. Es ging an diesem Tage nicht nur alles daneben, sondern Carlottas Reaktionen und ihre mürrische Stimmung machten ihm zu schaffen. Er hatte beim Radrennen aus Mangel an Erfahrung überzogen, das heißt, die 20 km nur im roten Pulsbereich gefahren und sich völlig verausgabt mit der Folge, dass er nach dem Wechsel so gut wie nicht mehr laufen konnte. Trotzdem aber hatte er nicht aufgegeben und sich über

die fünf Kilometer Laufstrecke bis ins Ziel im Stadion gekämpft. Dort erntete er von Carlotta zu seiner erheblichen Enttäuschung befremdliche Vorwürfe, während er doch eher gewisse Anerkennung erwartet hatte, denn er stand aufrecht und hinter seinem Namen würde nicht dnf (= does not finish) stehen. Er hatte gegen alle Widerstände nicht aufgegeben und war stolz auf sich, dass er den Wettkampf beendet und noch nicht einmal letzter geworden war.
Carlotta schimpfte indessen nur: Sie hätte wegen seiner späten Ankunft im Stadion schon daran gedacht, einen Krankenwagen für Woldemar zu rufen, was natürlich vollkommen unsinnig gewesen wäre, da an allen Wettkampf-Strecken selbstverständlich Sanitäter und Helfer eingesetzt waren. Ihre Vorwürfe hörten nicht auf:

Sie äußerte ihm gegenüber auch, er würde nach Schweiß stinken und sie ekele sich. Ja, wie denn? Natürlich war er völlig durchnässt und von Schweiß überzogen? Was hatte sie denn erwartet? Auch das war noch nicht alles. Im Zielbereich hatte sie durchaus anständige Fotos von ihm geschossen, aber davon wollte sie keines haben. Sie schenkte ihm mit einer verächtlichen Geste den Chip mit den von ihr gefertigten Fotos. Während Petra sich um ihn rührend kümmerte und ihm Wasser brachte und Stückchen von Traubenzucker ließ Carlotta ihrer schlechten Laune freien Lauf. Woldemar kam der Gedanke, sie hätte es wohl gar lieber gesehen, wenn er das Rennen abgebrochen, also aufgegeben hätte. Und dann kam noch was Arges:

Sie hatte gar keine Fotos von ihm auf der eigentlichen Rennradstrecke gemacht. Angeblich hätte sie den Rundkurs, den er viermal zu passieren hatte, wegen Gehbeschwerden nicht erreichen können. Dieser Rundkurs lag indessen nur ca. 300 Meter entfernt von der Wechselzone (Schwimmen zum Rennradfahren). Wieso hatte sie dann ihm überhaupt zugesagt, dass sie von ihm Fotos vom Rennradwettbewerb schießen wollte? Während Woldemar bedröppelt zur Umkleide ging, trennte man sich wenig herzlich.

Das Problem für Woldemar Wuthenow gegenüber diesen Begebenheiten bestand darin, dass er Carlotta als fremd erlebt hatte oder eben den anderen als ein Fremdes, was er zuvor aufgrund der bestehenden Freundschaft für völlig unmöglich erachtet hatte. Er wähnte sich sicher, dass es eine Art Grundfeste der zwischenmenschlichen Beziehung gäbe, also einen Humanismus dem anderen gegenüber, der nicht zerstörbar sei.

Einige Wochen später zur Geburtstagsfeier Woldemars herrschte unter den Familien wieder harmonisches Einvernehmen, als hätte es diese Differenzen in Hannover nie gegeben.

Das Zielfoto im Stadion von ihm und Petra sollte Monate später aber noch eine entscheidende Rolle spielen.

3

Unterschiede

Unterschwellig bohrten diese Ereignisse aber doch in Woldemar. Er fragte sich, ob die aufgetretenen Differenzen etwas mit dem Phänomen zu tun haben könnten, das in dem Verhältnis des Intellektuellen zum anderen Menschen gesehen werden kann. Der spanische Philosoph Ortega y Gasset hat es in seinem Essay „Der Intellektuelle und der Andere"[8] beschrieben. Er meint, der Intellektuelle, den er als einen besonderen Typus sui generis beschreibt, sei einer, dem merkwürdige Wesenszüge eignen. Er gehe in seinem Umgang mit anderen davon aus, dass diese zu demselben Zweck wie er da seien, hier gemeint im Sinne von do ut des, weniger final gemeint, also nicht: Ich gebe, damit du gibst, vielmehr: Ich gebe, du gibst. Aus diesem seltsamen Idealismus heraus lebe er ständig in gewisser Höhe, auf der sich vielfach Verklärungen vollziehen. Jeder Augenblick, alle Dinge seien ihm spannend, weil mehrdeutig. Genau betrachtet, schreite er von Überraschung zu Überraschung, und zwar eigenartigerweise selbst, wenn er es durchaus besser wisse. Er ist und bleibe ein Stauner. Daher staune er auch über seine eigenen Enttäuschungen. Er komme uns vor wie ein Träumer.[9]

So fragte sich Wuthenow, ob er nicht zu sehr ein Zweifler sei, dass er im privaten Bereich die Dinge zu sehr

von mehreren Seiten betrachte und eine Festlegung eher scheue. Er sah sich mehr als Suchender und wunderte sich häufig über die schnellen Meinungen von anderen. Dabei bemerkte er durchaus, dass es nicht so sei, dass der andere keine Ideen hätte. In Zeiten von allgemeinen Krisen, z. B. der Corona-Pest und ihren gesellschaftlichen und politischen bzw. gesetzgeberischen Folgen nehme sich jeder jedoch Meinungen heraus, für die er gar nicht geschaffen sei. Er erklärte sich das so: Es liege eben psychologisch nachvollziehbar darin, dass der Einzelne ein Gefühl von Kontrollverlust erleidet und dieses überkompensiert. Das Ergebnis sei sodann unvermeidlich. Er werde Opfer von Erklärungen und Gerüchten, Verdächtigungen, von Antworten auf nicht richtig gestellte Fragen wie von Schlagwörtern, als da sind: Es gibt keinen Zufall, alles ist nicht so, wie es scheint, alles hängt miteinander zusammen.
Und allzu leicht gibt er sich anheim den immer zahlreicher aufkommenden Verschwörungstheorien. Er nimmt nicht zur Kenntnis, dass es unwahrscheinlich ist, dass alle Wissenschaftler auf diesem Planeten lügen. Das Ergebnis ist unvermeidlich und Besorgnis erregend. Denn wenn den anderen eine Idee kommt, verwandelt sie sich selbstständig ins Gegenteil, in ein Dogma. Der Herdeninstinkt bricht aus und die Anführer der verschiedenen Gruppierungen sind die wirklichen Gewinner, sind die absahnenden eigentlichen Geschäftemacher. Dies ist das Schauspiel, dem wir heute allerwärts begegnen, in allen Medien, in den elektronischen Netzwerken und auf der Straße und selbst innerhalb der Familien. Eine wiederkehrende gesellschaftliche Hysterie, die durch die Geschichte geht.

Teil V

I.

Vor dem Prozess

Am Morgen des anstehenden Gerichtstermins widmete sich Wuthenow einer kleinen Tai-Chi-Übungseinheit in seinen vier Wänden. Diese langsamen, fließenden Bewegungen, die oft von älteren Menschen in traditionellen schwarzen Jacken in asiatischen Parks ausgeführt werden, erinnern an einen geschmeidigen Tanz. Ursprünglich jedoch war Tai-Chi eine Form des Kampfsports.
Seit über zwei Jahren, nach einem äußerst schmerzhaften Streit mit Carlotta, der ihn emotional aus der Bahn geworfen hatte, praktizierte er diese Kunst. Man könnte sagen, es war eine Form der Therapie für ihn. Er nahm regelmäßig an Workshops teil, die von Dr. Xing-Lu geleitet wurden, in einer eher außergewöhnlichen Kampfkunstschule. Anstelle von geselligen Abendessen oder Partys zog er mittlerweile Aktivitäten vor, bei denen man in Bewegung oder im Austausch war, wie Bergwanderungen, Rennradfahren oder Joggen.
Das Ausführen von Tai-Chi war ein faszinierender Prozess. Es erforderte sowohl Ausdauer als auch eine besondere Balance zwischen Beharrlichkeit und dem Loslassen. Das ständige Wiederholen und Verfeinern der unglaublich langsamen Bewegungen war ähnlich dem Üben eines Pianisten, der eine Melodie in sanften, kaum hörbaren

Tönen immer weiter verbessert. Für Wuthenow stellte es eine Art von Yoga dar, das er ebenfalls praktizierte; er hatte sogar gelernt, im Kopfstand zu meditieren. Letztlich waren beide Disziplinen Formen der Meditation, die ihm, wie er erkannte, auch beim Triathlontraining von Nutzen waren, da sie seine Atemtechnik und die Sauerstoffaufnahme verbesserten.

Dr. Xing-Lu vermittelte ihm mithilfe von Diagrammen grundlegende Prinzipien der Meditation, darunter die Meridiane sowie den kleinen und großen Energiefluss.

Wuthenow war berechtigt stolz darauf, dass er den kleinen Fluss bereits recht gut beherrschte. Schließlich sagt man, in der Stille liegt die Kraft – und das konnte er für sich selbst bestätigen.

Ihm war bewusst, dass er als westeuropäischer Mensch die komplexen Lehren und spirituellen Ideale der asiatischen Meditationspraktiken niemals ganz begreifen könnte. Das empfand er jedoch nicht als Mangel. Für ihn bedeutete Meditation das einfache Beobachten. Einige seiner Lehrer hatten ihm beigepflichtet: Es galt, Gedanken, Empfindungen und Gefühle im Bewusstsein kommen und gehen zu lassen, sie zu erkennen, ohne an ihnen festzuhalten oder sie wegzustoßen. Man folgte ihrem Fluss, ohne sich darin zu verlieren. Auf diese Weise konnte man sich ein wenig von sich selbst lösen – und selbst diese kleine Distanz war bereits viel. Nach der Meditation fühlte er sich zentrierter und gestärkt.

Seine Hobbys, die er erst im Alter von über 70 Jahren entdeckte – Schwimmen, Radfahren und Joggen – waren nicht nur körperliche Betätigungen, sondern auch Katalysatoren für eine fruchtbare Meditationspraxis.

Woldemar Wuthenow ging mit einem Vorschuss an Gelassenheit in die Gerichtsverhandlung. Er wusste, dass ihm die eigentlichen prozessualen gerichtlichen Verhandlungen nicht aus der Fasson bringen könnten. Nicht Richter Leonardi, den er wohl einzuschätzen vermochte und auch der Staatsanwalt oder die Staatsanwältin nicht, die er wahrscheinlich nicht kannte, schon gar nicht sein Widerpart Dr. Grop, den er für berechenbar hielt, durchsichtig wie ein Glas, die Karikatur eines lächerlich wichtigtuerischen Anwaltes bildete und den er jüngst vor dem OLG Celle in einem Berufungsverfahren auf dessen ureigenem Spezialgebiet, dem privaten Baurecht, geradezu wie einen Frischling hatte aussehen lassen. In beiden Instanzen hatte er ihm die entscheidenden Argumente um die Ohren geschlagen und als die Vorsitzende des Senates Dr. Grop vorexerzierte, warum dessen Rechtsmittel gegenüber dem Urteil des Landgerichts, der Vorinstanz, keinerlei Aussichten hätte, hatte Dr. Grop nur noch stammeln können: „Das sehe ich aber anders." Und menschlich war Dr. Grop, nomen est omen, eigenartig, weird, wenn man einen modernen politischen amerikanischen Ausdruck für noch treffender hielte.

Ja, aber das Aufeinandertreffen mit Carlotta, das war das Unbekannte. Wie würde sie reagieren, wie würde er selbst ruhig bleiben und überzeugend agieren können? Es würde Überraschungsmomente geben. Er müsste sie gemäß dem Grundsatz der Mündlichkeit in ein Verhör nehmen. Er müsste ihr unangenehme Fragen stellen, sehr unangenehme. Würde er das Bild von ihr malen können, das sie verdiente? Wer würde vor Gericht und letztlich vor der Öffentlichkeit besser bestehen?

Gewiss, Carlotta, du bist menschlich charakterlos geworden, ja, böse, und ich habe deine Niedertracht viel zu lange ohne den nötigen Widerstand hingenommen.
In diesen Gedankenwelten bewegte sich Woldemar Wuthenow vor der Strafverhandlung.
Die Demonstranten von #MeToo vor dem Amtsgericht hielten ihm Hatespeech entgegen und skandierten ihre Verachtung in unzweideutigen Parolen. Nichts davon ließ er an sich heran. Er begegnete im Foyer des Gebäudes den Wachtmeistern freundlich wie immer und erhielt ein ebensolches Echo, weil ihn eigentlich alle kannten und ihn seit vielen Jahren als umgänglich schätzten. Vereinzelt hörte er ein aufmunterndes Wort. Sie winkten ihn ohne Kontrolle durch die Absperrung. Eine robuste, attraktive Justizangestellte kam ihm lächelnd entgegen und fragte zuvorkommend, ob er vor den Fotografen geschützt werden wolle. Er entgegnete ihr Lächeln und antwortete: „Danke, Frau Herrmann, gar nicht nötig." Sie ließ es sich aber nicht nehmen, ihn gleichsam beschützend in den Gerichtssaal zu begleiten bis hin zu seinem Sitz auf der Anklagebank. „Viel Glück", raunte sie ihm noch ins Ohr.
„Danke sehr", hatte er es ihr mit einem Lächeln quittiert.

2

Der Prozess, Tag 1

Die Staatsanwältin mochte um die 35 Jahre jung sein. Herr Wuthenow hatte bisher mit ihr nichts zu tun gehabt, denn seine Domäne war das unendliche Zivilrecht, das verzweigte Synallagma[10] des Vertragsrechtes also, das Grundstücksrecht auch, doch sein besonderes Interesse galt dem Erbrecht und dem Scheidungsrecht, denn hier war er den Menschen am nächsten, weil es um Schicksale ging, um Emotionen, oft um existenzielle Krisen. Da war er nicht lediglich Anwalt, vielmehr auch Psychologe und letztlich auch Psychotherapeut. Und das sehr effizient. Es waren seine jahrzehntelangen Berufserfahrungen und sein wundersames Einfühlungsvermögen und am Ende sicherlich auch eine schlafwandlerische Intuition, die nun Früchte trugen.
Ganz früher, zu Beginn seiner Laufbahn, hatte er übrigens auch vielfach Strafverteidigungen geführt. Das war lange her. Gleichwohl verteidigte er auch heute noch mitunter Mandanten, von deren Unschuld er überzeugt war. Regelmäßig gelang ihm, die Einstellung des Ermittlungsverfahrens zu erreichen oder wenigstens die Beilegung im Wege der Verhandlung, d. h. also eines tragbaren Kompromisses.
Die Staatsanwältin trug ihr brünettes Haar im Pagenschnitt, das ihr entfernt Mondgesichtes Antlitz umrahmte.

Eine klare, randlose Brille mit goldenen Bügeln unterstrich ihren hellen Teint, was sie nach Wuthenows ersten Eindruck recht hübsch kleidete. Überhaupt wirkte die Staatsanwältin wohltuend ruhig und so verlas sie auch die Anklageschrift.
Sie war bereits bei den letzten Zeilen angekommen:

„... strafbar wegen gefährlicher Körperverletzung, nämlich begangen durch einen hinterlistigen Angriff nach § 224 Abs. 1 Nr. 3 StGB."

Sie legte die aufgeschlagene Akte auf ihr Pult, setzte sich und blickte in Richtung des Gerichts, um schließlich wieder ihre aufmerksamen Augen über den ihr gegenübersitzenden Angeklagten schweifen zu lassen.
Was sie wohl von mir denken mag?, dachte Wuthenow. Er hatte sich natürlich Akteneinsicht über einen befreundeten Kollegen verschafft. So wusste er, dass die Vertreterin der Anklage nicht die Sachbearbeiterin in seiner Strafsache war und selbstverständlich kannte er die Aussage der Nebenklägerin, die Carlotta freilich durch ihren Anwalt hatte verfassen lassen. Er war wohl voller Absicht ohne Anwalt erschienen. Er wollte sich selbst verteidigen. Eigentlich ein Verstoß gegen die Grundsätze des eigenen Handwerks, dessen war er sich bewusst. Aber er vermeinte, er hätte alles genau abgewogen.
Die drei Stuhlreihen in dem kleinen Gerichtssaal waren alle besetzt von Zuschauern. Unter ihnen wusste Wuthenow auch einen Reporter der Regionalpresse, ein besonderer Spezi von Carlotta – er hatte sich ungerührt fotografieren lassen, als er den Saal betrat und auf der

Anklagebank Platz nahm. Schließlich bemerkte er auch Detlef, den Mann von Carlotta.

Ach Deddy, zu gutmütig, wenn du dir nur nicht so vieles hättest vormachen lassen.

Und hinten kaum sichtbar saß Carlottas Schwester Felicia, die er an ihren langen glatten schwarzen Haarkleid erkannte. Konnte es sein, dass sie ihm soeben freundlich zugelächelt hatte? Lina war natürlich auch gekommen. Gerade blinzelte sie ihm in der ersten Reihe sitzend aufmunternd zu.
Danke, Lina, aber du brauchst keine Sorge um mich zu haben. Es geht mir gut. Ich sitze doch in meinem Wohnzimmer!, dachte Wuthenow.
Dort hatte zu Beginn der Verhandlung auch Petra gesessen, die als Zeugin des Vorfalles fungierte und daher nun im Gerichtsflur darauf warten musste, bis sie aufgerufen würde.
Auf der Seite der Staatsanwältin gluckte Carlotta mit ihrem Anwalt Dr. Grop vor einem Tisch. Carlotta hatte zur Feier dieses Anlasses gegen ihre Gewohnheit ein rotes Kleid angelegt. Ihr Haar wallte wellig bis zu den Schultern, es fiel ihr rechts über ihre große Stirn, während es links nach hinten ihr Ohr freigab. Ihr dezentes und raffiniertes Make-up verlieh ihr eine gewisse Eleganz. Der Ausdruck ihres Gesichtes und ihre Haltung ließen auf Überlegenheitsgefühle schließen. Demonstrativ blickte sie an ihm, der ihr schräg gegenübersaß, verächtlich vorbei.
Richter Dr. Leonardi hatte sich gleich nach Verlesung der Anklageschrift an ihn gewandt.

„Nun, Herr Dr. Wuthenow, Sie haben den Vorwurf der Anklage gehört. Möchten Sie sich darauf einlassen? Sie können aussagen oder von Ihrem Recht zu schweigen Gebrauch machen."
Woldemar Wuthenow erhob sich von seinem Platz und ließ vernehmen:

„Im Sinne der Anklage bin ich nicht schuldig. Ich habe keine gefährliche Körperverletzung begangen. Ich bin schuldig der einfachen Körperverletzung. Diese habe ich im Affekt begangen, und es ist mir bewusst, dass ich dafür bestraft werden muss. Mehr möchte ich jetzt nicht erklären. Jedoch möchte ich von meinem Fragerecht zum Zwecke der Aufklärung der Hintergründe dieser Tat Gebrauch machen."
„Nun gut, das Gericht wird darauf zurückkommen. Frau Staatsanwältin, Herr Rechtsanwalt Dr. Grop, wenn Sie keine Einwände haben, würde ich zur Beweisaufnahme schreiten und die Nebenklägerin als Zeugin aufrufen."
„Keine Einwände, Herr Vorsitzender", antwortete die Staatsanwältin ruhig.
Dr. Grop sprang indessen auf und tönte laut: „Herr Vorsitzender, ich darf auf meinen schriftlichen Antrag verweisen, im Adhäsionsverfahren[II] zu verhandeln."
„Das dürfen Sie, Herr Rechtsanwalt. Bitte, Frau Staatsanwältin, dazu Ihre Stellungnahme und im Anschluss möchte ich ggf. auch zu diesem Antrag den Angeklagten hören."
„Ich habe dazu keine Bedenken", erwiderte die Anklägerin.
„Und Sie, Herr Dr. Wuthenow? Aber bleiben Sie nur sitzen."

„Danke, Herr Richter. Ich beantrage Abweisung dieses Antrages. Ich habe gegen die Nebenklägerin per Mahnbescheid ein Schmerzensgeld geltend gemacht von 3.000 € wegen Beleidigung, Verleumdung und Diskriminierung. Es handelt sich dabei um das Ereignis von vor fast 6 Jahren, das unsere Freundschaft beendete. Nach Widerspruch der Nebenklägerin ist dieses Verfahren vor dem Zivilgericht des Amtsgerichts anhängig. Es ständen sich mithin zwei unterschiedliche aufrechenbare Ansprüche gegenüber. Über beide Ansprüche kann im Rahmen dieses Strafverfahrens nicht entschieden werden."
Wuthenow wusste, dass seine Begründung bei Dr. Leonardi auf bereitwillige Ohren treffen würde. Warum sollte sich das Strafgericht mit zivilrechtlichen schwierigen Fragen befassen?
„Herr Rechtsanwalt Dr. Grop, ist das zutreffend und falls ja, ziehen Sie Ihren Antrag zurück?"
„Ja, das ist zutreffend. Das hindert ein Adhäsionsverfahren aber nicht. Ich halte meinen Antrag aufrecht."
Nun hatte die Anklage wieder das Wort: „Nach meiner Meinung kann dem Zivilrechtsstreit hier nicht vorgegriffen werden. Ich beantrage Abweisung."
Das Gericht zog sich zur Beratung zurück, nicht ohne anzukündigen: „Bitte, behalten Sie alle Platz."
Wuthenow war es zufrieden. Er wusste, dass sich der Richter nur eine Zigarettenpause gönnte und die Entscheidung schon gefallen war. Dr. Leonardi würde sich um keinen Preis mit zivilrechtlichen Ansprüchen herumschlagen wollen. Dr. Grop suchte unterdessen, das fragende Gesicht seiner Mandantin aufzuhellen. Beide flüsterten miteinander.

In weniger als 3 Minuten kehrte Dr. Leonardi auf seinen Richterstuhl zurück und verkündete gleichzeitig in sein Mikrophon sprechend: „Beschlossen und verkündet: Der Antrag der Nebenklage auf Durchführung eines Adhäsionsverfahrens wird abgelehnt."
Die Begründung folgte beinahe wörtlich den Ausführungen des Angeklagten.
Wuthenow beobachtete Carlotta, ohne sie direkt anzuschauen. Sie war rundlicher geworden. Auch ihr Gesicht schien ihm voller und runder. An Habitus und Gestus fielen ihm keine Veränderungen auf. Er wusste, sie war inzwischen über 50.
Von Albert Camus stammt dieser provokante Satz: „Von einem bestimmten Alter an ist jeder Mensch für sein Gesicht verantwortlich."[12] Eine Äußerung, die man in unseren Tagen als Plädoyer für chirurgische Maßnahmen missverstehen könnte. Aber das meinte der französische Philosoph natürlich nicht. Auch ging es ihm nicht darum, Unverfügbares zu negieren, also zu behaupten, dass alles dem eigenen Wollen unterstellt sei. Worauf er vielmehr hinauswollte: Es gibt einen Punkt, an dem ein Mensch die Verantwortung für die eigene Existenz nicht mehr von sich weisen kann. Wahrhaft erwachsen zu sein heißt, vergangene Handlungen und Geschehnisse in die eigene Persönlichkeit integrieren zu können, und zwar auf eine Weise, dass ein positives Selbstverhältnis möglich ist. Und eben jenes würde sich ab einem Alter von 50 Jahren früher oder später in einem Gesicht widerspiegeln.
Wuthenow spürte eine Genugtuung, dass er sie betrachten konnte, annähernd so, wie man einen Gegenstand betrachten könnte. So hatte er sich das vorgenommen:

Nichts von ihr an sich herankommen zu lassen, sich in der Gewalt zu haben, Gefühle nicht zu zeigen oder besser noch, gar nicht erst aufkommen zu lassen, wie er es sich über Dekaden antrainiert hatte. In hitzigen Wortgefechten die Oberhand zu bewahren, sich eben nicht gehen zu lassen, sondern wenigstens äußerlich über den Dingen zu stehen, seien die Diskussionen oder die Situationen auch noch so emotional aufgeladen, bildete eine conditio sine qua non[13] seines anwaltlichen Berufsfeldes, wie dieses aus guten Gründen zu begreifen und zu leben war.
Daher war die Anwesenheit seines speziellen und liebsten Feindes Dr. Grop entgegen den Hoffnungen von Carlotta Kuhl für Woldemar Wuthenow keine Herausforderung. Mit unbeherrschten Kollegen war er noch immer fertig geworden. Dr. Gropian, wie er mitunter von Kollegen verächtlich genannt wurde, und er schloss sich da nicht aus, war ausrechenbar und aus Wuthenows Sicht eher leicht zu handhaben.
Doch als Carlotta Kuhl im Zeugenstuhl Platz genommen hatte und nach ihrer Vernehmung zur Person mit der Schilderung des Vorfalles begann, fühlte er plötzlich eine stark anschwellende Erregung. Es war Carlottas perfekt modulierte Stimme, deren ruhige Tönung zusammen mit ihren nonverbalen Ausdrucksformen, wie den klug gesetzten Pausen und ihrer unaufdringlichen harmonischen Gestik, den Zuhörer auf geheimnisvolle Weise für sich einzunehmen wusste, ihn gleichsam in eine angenehme Gestimmtheit versetzte, in einen Zustand des gern verweilenden Zuhörens, den er allzu gut kannte, um nicht zu wissen, dass sie sie als Instrument falscher Beeinflussung nutzte.

„Ich wollte Herrn Wuthenow freundlich begrüßen, ich freute mich doch, ihn wiederzusehen, da stürzte er plötzlich hinterhältig auf mich zu und packte mein linkes Ohr und zerrte und riss daran ... ich schrie, aber er hörte gar nicht auf!", vernahm er ihre melodramatische Darstellung. So sehr Woldemar Wuthenow Carlottas Schauspielkunst kannte und ihre Rolle als Zeugin sich vorher ausgemalt haben mochte, um besser vorbereitet zu sein, traf ihn ihre Inszenierung als Opfer brutaler männlicher Gewalt, die zweifellos sogleich in Mitleid erheischende Tränen münden würde, in der Faktizität doch bis ins Mark.
Unerträglich ist es, dachte Wuthenow, warte, warte, Carlotta, bis ich mein Fragerecht ausüben kann, da werde ich dir die Lügen vom Gesicht reißen. Oder könnte es sein, dass sie das gar nicht mehr erinnerte, was sie getan hatte? Gibt es so etwas überhaupt?
Carlottas scheinheilige Sprache schauderte ihn. Er fühlte, wie sich die Emotion überraschend schnell ausbreitete und seinen Körper in eine taumelnde Anspannung versetzte. Es war, als würgte Carlottas Stimme ihn. Tatsächlich schluckte er. Er versuchte, das Gefühl zu verdrängen, indem er möglichst unauffällig Tiefatmung praktizierte, was er im Lichte der Öffentlichkeit aber auch nur unzulänglich ausführen konnte. Er wandte sich schließlich ab und blickte durch das gegenüberliegende Fenster in eine Baumkrone, in deren Ästen er seinen Blick absichtsvoll hängen ließ. So blieb Dr. Wuthenow wenigstens davon verschont, Carlottas gekonnt erzeugten Tränenfluss zusehen zu müssen.
Während Wuthenow aus dem Fenster blickte, beruhigte er sich langsam. Es wurde ihm bewusst: In seiner Reaktion

spiegelte sich die Abscheu gegenüber moralischen Verstößen wider, zu denen antisoziales Verhalten wie Lügen und Heuchelei, Rassismus und Diskriminierung zählen, die andere Menschen schädigen und ausgrenzen. Moral Disgust, es motiviert dazu, soziale Beziehungen mit Personen zu vermeiden, für die Menschenwürde ein Fremdwort ist. Der Ekel versteht sich als ein soziales Signal an Gleichgesinnte im Interesse auch des Selbstschutzes.

Nach diesen Reflexionen erholte sich Dr. Wuthenow allmählich. Seine Aufmerksamkeit kehrte zurück in den Gerichtssaal. Er hatte nichts versäumt. Er hoffte, dass man ihm seine Emotionen nicht hatte anmerken können. Die Vernehmung der Zeugin Carlotta Kuhl zu dem eigentlichen Vorfall war schnell beendet. Der Richter und die Staatsanwältin zeigten keine Anzeichen von Rührung, nur aus den Reihen der #MeToo-Zuschauer fielen verächtliche Worte gegen den Angeklagten, sodass Dr. Leonardi eine Verwarnung aussprach. Nun wandte er sich wieder der vor ihm auf dem Zeugenstuhl sitzenden Zeugin zu.

„Nun, Frau Zeugin, möchte das Gericht von Ihnen etwas zum Hintergrund dieses Vorfalles hören. Das Gericht muss untersuchen, was den Angeklagten zu dieser strafrechtlich zu würdigenden Tat veranlasst haben könnte. Was können Sie uns dazu sagen? Kannten Sie sich und falls ja, erzählen Sie bitte im Zusammenhang."

„Wir kannten uns, das stimmt, d.h. unsere Familien waren lange Jahre befreundet. Vor etwa 6 Jahren kam es dann zum Bruch. Aus meiner Sicht war das nur ein harmloses Missverständnis, es war ja ganz harmlos, aber der Angeklagte musste ja gleich seine Teilnahme an der Geburts-

tagsfeier unserer Tochter absagen. Das war ja völlig überzogen, ich meine ..."
In dem Moment öffnete sich die Saaltür und Petra Kuhl trat in Begleitung eines Wachtmeisters schüchtern vor den Richtertisch. Wuthenow konnte sie nun ausgiebig mustern.
Petra zeigte ihr ovales Gesicht von einst, das er als junges Mädchen von ihr kannte, nun aber mit sichtbaren zarten Wangenknochen und großen, ausdrucksvollen grünen Augen, die lebhaft und intelligent wirkten. Ihre langen, blonden Haare fielen in leichten Wellen über ihre Schultern und wurden mit einem beigen Haarreifen zurückgehalten. Ihre schicken weißen Perlenohrclips standen ihr gut zu Gesicht. Sie war inzwischen hochgewachsen und gertenschlank. Sie trug eine cropped, schwarze Lederjacke über einem hellen, lockeren T-Shirt mit einem Tiermotiv als Print. Ihre engen, dunklen Jeans setzten ihre langen Beine in Szene. Obgleich eigentlich selbstbewusst, trat sie sehr schüchtern vor den Richtertisch.
„Herr Richter, ich möchte erinnern, ich müsste bald ins Gymnasium. Unser Rechtsanwalt hat dem Gericht doch, so meine ich, noch rechtzeitig schriftlich Nachricht gegeben", halb flüsternd sprach sie, aber für den unweit sitzenden Woldemar Wuthenow ausreichend vernehmlich.
„Ach ja, richtig. Äh, Petra, nicht wahr, wie darf ich Sie nennen?" Petra nickte nur zum Zeichen, dass ihr beides recht sei. „Danke, dass Sie das Gericht erinnern. In der Tat, in der Tat, ich sollte, wollte Sie ja vorziehen."
„Sie können gern noch du zu mir sagen, Herr Richter", betonte Petra verlegen.

„Ja, ja, danke. Also das Gericht unterbricht hiermit die Vernehmung von Frau Carlotta Kuhl. Bitte nehmen Sie wieder Platz neben Ihrem Anwalt, Frau Kuhl. Und Petra, Sie, äh ... dich bitte ich, auf dem Zeugenstuhl Platz zu nehmen."

Die Mutter warf ihrer Tochter aufmunternde Blicke zu und die Schülerin nahm auf dem Zeugenstuhl Platz. Nachdem sie zu ihrer Person ihre Angaben gemacht hatte, folgte die übliche Belehrung zur Wahrheitspflicht der Zeugin.

Was nun geschah, kam wohl für alle Beteiligten, am meisten wohl für ihre Mutter, aber auch für mich unter den Zuschauern ganz unerwartet. Die junge Frau fragte nämlich mit leicht zittriger Stimme:

„Herr Richter, darf ich bitte von meiner Aussage befreit werden? Zum Vorfall kann ich nur sagen, was sicherlich schon meine Mutter gesagt hat, aber zu den Hintergründen sehe ich mich in einem ... Wie soll ich es sagen? Ich bin in einem Konflikt."

Die eintretende Stille im Gerichtsaal glich einer Andacht in der Kirche. Die erstaunten Blicke der Mutter und ihres Anwaltes trafen sich und hingen sich fest.

Richter und Staatsanwältin blickten sich schweigend an und Dr. Leonardi vergrub schließlich wortlos sein Kinn und eine seiner Wangen in seine offene Hand.

Woldemar Wuthenow blieb anscheinend regungslos. Ich selbst war wie alle Zuschauer gebannt, obgleich ich ja beruflich hinreichend Prozesserfahrung gesammelt habe. Was hatte das jetzt zu bedeuten? Das kam überraschend.

„Ich bin im Konflikt, ich kann nicht, kann nicht ... bitte", schluchzte inzwischen die junge Frau.

„Nun, nun Petra, Sie, äh, du, Sie sind sicher sehr aufgeregt. Das Gericht trägt dem gewiss doch Rechnung", bemühte sich Dr. Leonardi beruhigend um die Zeugin.
Irgendwie auch rührend, dieser Richter, dachte ich, dieser vornehm wirkende und sicher erfahrene Mensch, der sein Pensionsalter wohl bald erreichen würde.
„Sehen Sie, Petra, die Staatsanwältin und auch der Rechtsanwalt deiner Mutter haben dich als Zeugin benannt. Und ein Zeugnisverweigerungsrecht steht dir nicht zur Seite, ähm, ist nicht sichtbar", fuhr der Richter fort, um schließlich die Staatsanwältin fragend anzuschauen.
„Also von meiner Seite aus ...", ertönte die helle Stimme der Staatsanwältin, „auf die Vernehmung dieser Zeugin wäre ich bereit zu verzichten."
Nun blickten die Prozessbeteiligten alle auf Dr. Grop, der seinerseits ziemlich ratlos seine Mandantin anblickte.

***

Unvorhersehbarkeiten sind in Strafprozessen häufig und treten auch in anderen Prozessarten auf, besonders jedoch in Strafverfahren. Ein gerichtliches Verfahren zeichnet sich durch Komplexität, Dynamik und Intransparenz aus. Die Hauptakteure unterliegen den conditiones humana, so dass Überraschungsmomente den Gerichtsprozessen immanent sind.
In Gerichtsprozessen geht es um Merkmale bestimmter Geschehnisse, Situationen oder Sachverhalte, die von Menschen geschaffen oder unterlassen werden. Viele dieser Merkmale beeinflussen sich wechselseitig und müssen denk- und rechtskonform behandelt werden. Die

Komplexität ist subjektiv bedingt; jeder Mensch denkt und fühlt anders.

So sind Gerichtsprozesse dynamische Gebilde, die sich unabhängig von den Einschätzungen der Akteure weiterentwickeln. Die Untersuchung der aktuellen Gegebenheiten reicht nicht aus; die Prozessbeteiligten müssen versuchen, die möglichen Entwicklungen im Auge zu behalten.

Ein weiteres Charakteristikum ist die Intransparenz. Die Prozessbeteiligten haben jeweils ihr eigenes Denken und Fühlen. Idealerweise sollten alle Juristen aktiv auf der Suche nach Lösungen sein. Zu Beginn eines Prozesses weiß der Rechtsanwalt oft nicht, wie der Richter oder der Gegenanwalt entscheidet und welche Schwerpunkte gesetzt werden. Er steht bildlich gesprochen häufig zunächst wie vor einer Milchglasscheibe. Dieses Unbestimmte gilt es aufzuhellen. Typischerweise entstehen im Zuge des Prozesses aber neue Unbestimmtheiten, Neben- und Fernwirkungen, auf die der Anwalt angemessen und auch schnell reagieren können sollte.

3
Nach Petras Eröffnung

Woldemar Wuthenow zeigte nur äußerlich keine Regung. In seinem Inneren brodelte es indessen. Es war ihm, als funkten seine Hirnzellen einander glühende Signale hin und her. Obgleich, er hatte die Botschaft intuitiv sofort verstanden. Die Zellen arbeiteten nur noch, um seine blitzartige Erkenntnis zu verifizieren, abzuwägen und Irrtümer auszuschließen. Denn Petras Konflikt konnte eigentlich nur eines bedeuten: Es konnte nur der Spagat zwischen der Solidarität zur Mutter, die nun in diesem Gerichtsverfahren eine Lüge oder Halblüge erforderte, oder dem Gebot zur vollen ungeschminkten Wahrheit sein. Die Wahrheit, die darin bestand, dass Carlotta sich damals in ihrer Wutrede, ihren Beleidigungen und Kränkungen gegen ihn, ihren Schändungen zu Unrecht auf einen angeblichen unüberbrückbaren Missmut ihrer Tochter bezogen oder jedenfalls grob übertrieben hatte, sich dahinter versteckt hatte einzig allein, um auf diese Weise ihren Frust zu kaschieren, der sich lange, lange vorher aufgestaut haben dürfte und der darin bestand, dass sie ihm irgendetwas neidete.

Wenn Petra nun ihre Aussage verweigerte und die Beteiligten auf ihre Aussage verzichteten, dann würde Carlotta nicht ohne weiteres ihre Heuchelei wahren können, dann

würde sie zur Wahrheit gezwungen sein. Dann stand sie jedenfalls unter der Drohung, dass man sie überführte.
Für ihn selbst zeigte sich die prozessuale Situation plötzlich klarer und entspannt. Auf Petras Konflikt hatte er nicht hoffen können. Nun half es ihm.
So hatte Wuthenow die prozessuale Situation schnell durchschaut, so schnell, dass dies den wahren Grund bildete für seine umgehend eintretende
Gelassenheit, für seine innere Ruhe. Auch war ihm klar, was nun folgen würde. Sein Gegenpart würde sogleich eine Beratungspause erbitten.
Und selbst wenn Carlotta ihre Tochter noch auf sich einschwören könnte und dem folgend Petra noch aussagen würde, ihre Reaktion war in der Welt. Ihr Konflikt war der Fall und er würde dem unnachgiebig nachgehen und sein Fragerecht als Angeklagter ausüben und das Mädchen, wenn es denn notwendig sein müsste, in die Enge drängen und es in Widersprüche verwickeln.
Oh, Carlotta, du begreifst es nicht. Du hast meine Proteste und meine Appelle nie in dein Herz gelassen. Du hast nie, fast nun sechs lange Jahre, irgendeine Art von wirklichem Bedauern gezeigt. Du bist eine seelisch verknöcherte Frau geworden. Mein Übergriff sollte dich symbolhaft wachrütteln. Du hättest besser zunächst einen Psychologen befragen sollen, denn einen meiner Kollegen. Oder war Petras Verhalten nicht gar vielleicht ein spätes Aufbegehren gegen die Mutter, ein Zeichen des Bedauerns, dass die freundschaftlichen Bande der Familien so niemals hätten durchtrennt werden dürfen, wie es aber durch Dramatisierung und Hysterie der Mutter und deren Sturheit geschehen war? Ein Zeichen des Bedau-

erns, eine unausgesprochene Bitte um Vergebung für ihre Undankbarkeit und die hässlichen Vorwürfe gegen ihn, und dass sie selbst ihr
eigenes ihn abweisendes Verhalten bedauerte, seine Nachrichten nicht mehr beantwortet und alle Gesten der Versöhnung ignoriert hatte? Aber nein, das wäre wohl seine Wunschvorstellung, eine Illusion angesichts seines sträflichen Angriffs auf Petras Mutter, der doch eine rote Linie überschritten hatte. Woher sollte Petra ahnen, dass seine Straftat wohl nichts anderes war, denn ein verzweifelter Akt, sich von einer tiefgreifenden Traumatisierung zu befreien?
Wuthenow war so in seine Gedankenwelt entrückt, dass er die folgenden Gespräche im Gerichtssaal gar nicht mehr aufgenommen hatte. Doch nun drang wie von fern die ihm wohlbekannte, unsympathische, ruckartige Stimme des Gegenanwaltes an sein Ohr.
„Herr Vorsitzender, ich bitte um eine Unterbrechung der Sitzung. Ich möchte mich mit meiner Mandantin beraten."
„Gewiss, Herr Anwalt. Einen Augenblick noch. Ich möchte zunächst die Entscheidung des Angeklagten einholen", und damit wandte sich der Richter an Dr. Wuthenow.
„Herr Angeklagter, ich möchte, äh, ich muss Sie fragen, wären Sie denn bereit, auf die Vernehmung der Zeugin zu verzichten? Sie haben die Zeugin zwar nicht benannt, aber hätten natürlich ein Fragerecht."
„Ich bin zu dem Verzicht bereit, Herr Vorsitzender, jedoch nur für diese Instanz."
„Hm, nun gut", sagte der Richter, diktierte diese Einlassung in sein Diktaphon und ordnete die Unterbrechung der Sitzung auf die Dauer von 30 Minuten an.

4

Verhandlungspause

Wuthenow verließ schnell den Saal, Schmährufe der #MeToo-Anhänger beachtete er nicht. Zwei Wachtmeister schützten ihn vor Übergriffigkeiten. Ich beobachtete, wie die gesamte Familie Kuhl mit ihrem Anwalt in das Anwaltszimmer verschwand.
Ich wusste nichts Rechtes mit mir anzufangen und folgte Dr. Wuthenow. Vielleicht würde er meine Gesellschaft schätzen. Ich fand ihn außerhalb des Gebäudes und ging einfach auf ihn zu.
Er registrierte mich erfreut.
„Ah, Lina, wie geht's? Noch nichts Spannendes passiert, nicht wahr?"
„Danke, ganz okay. Ich finde Gerichtsverfahren immer spannend. Aber es ist ja etwas sehr Bemerkenswertes passiert! Darf ich Sie begleiten?"
„Gern, da hinten in der Ecke ist eine Bank. Dort möchte ich eine rauchen."
„Das ist für mich auch okay. Sind Sie aus Ihrer Sicht mit dem Verlauf zufrieden?"
Wuthenow zündete sich eine Zigarette an und schien mir entspannt.
„Na, setzen wir uns erst einmal. Nun ja, Lina, ich habe ja das Glück, auf einen passablen Richter zu treffen. Wissen

Sie, Lina, er ist nicht nur Richter, er hat erst Germanistik studiert und erst später Jura. Er interessiert sich für Literatur und häufig kommen von ihm Zitate von den Klassikern. Er hat ganz gute Seiten und auch Macken, die sind aber auch irgendwie liebenswert und er hat etwas, ich würde sagen, englischen Humor. Er hat nur einen Nachteil."

„Und der wäre?"

„Was die StA am Ende ihres Schlussvortrages beantragt, so lautet dann meist auch sein Urteil."

„He", meinte ich „das deutet darauf hin, dass er etwas unsicher in seinem Beruf oder faul ist?"

„Soweit würde ich nicht gehen. Er hat andere Schwerpunkte. Er ist auch Künstler, er malt wunderbare Aquarelle! Übrigens ist er vor vielen Jahren
recht berühmt geworden, indem er ein Urteil in Versform verfasste. Es wurde sogar in der NJW[14] abgedruckt, der sogenannte Kuh-Fall.[15] Sie finden das Urteil auch im Internet."

„Oh, wie kam er denn darauf? Und das ist ja mutig!"

„Nun ja, ich habe ihn wohl durch meine ziemlich lustige Klageschrift dazu inspiriert. Er hat den Tatbestand meiner Klage-Begründung wortwörtlich im Urteil übernommen."

„Das ist ja wirklich heiter! Das will ich gern nachlesen", freute ich mich. „Und was sagen Sie zu der Tochter? Sie hat offensichtlich ein Problem. Das dürfte Ihnen willkommen sein, oder?"

„Ja, das stimmt. Sie hat eine Entwicklung durchgemacht, hoffe ich wenigstens. Und was ist Ihre Meinung von Carlotta Kuhl?"

„Aufgeblasen und wichtigtuerisch. Kann mit ihr nichts anfangen. Nun bin ich natürlich brennend interessiert, was folgen wird. Sie werden sie ins Verhör nehmen, was Ihr Motiv ist bzw. erklärt, oder? Ihre Impulshandlung muss doch tiefe Gründe haben, das habe ich von meiner Mutter so verstanden. Da ist etwas, was Sie der Frau Kuhl nicht verzeihen können, hab ich recht?"
Wuthenow musterte mich jetzt wieder. Ich verstand seinen Blick und fügte an: „Herr Wuthenow, Sie können sicher sein, in meiner Redaktion wird nur erscheinen, was in der öffentlichen Verhandlung gesagt wird."
„Sie sind Journalistin, Lina!"
„Schon, aber mir ist Ihre Freundschaft wichtiger. Als ich Sie kennen lernte, waren Sie mir sofort sympathisch. Unsere Gespräche bei meinem ersten Besuch haben mich sehr beeindruckt. Ich kann viel von Ihnen lernen. Und außerdem verbindet uns der Sport. Und wissen Sie was, ich weiß nicht, ob ich Ihnen das sagen sollte. Sie sind interessant."
Oh, jetzt ist es raus, das wollte ich dem Dr. Wuthenow eigentlich nicht verraten. Aber nun war es zu spät. Er wendete sich zu mir und mir war, als streichelte er mit seinen alten Augen mein Gesicht. Irgendwie erwärmte es mich.
Da fasste ich weiteren Mut und sagte: „Als ich Sie das erste Mal sah in diesem Hoodie, der Ihnen so gut steht, mit dem Bildnis von Hemingway und diesem starken Text, stand ich sofort in Ihrem Bann. Sie strahlten so eine süß-traurige Aura aus, da zählte für mich nicht, dass Sie diese Frau angegriffen haben. Ich glaube übrigens auch nicht, dass dieser Angriff bloße Rache bedeutete oder

jetzt dieser Prozess, mit dem Sie auch etwas Besonderes bezwecken, sondern, dass es ein Akt der Selbstverteidigung war bzw. ist."

Ich bemerkte natürlich sofort, dass ich Woldemar Wuthenow ganz verlegen machte mit meinen Worten, die so aus mir eigentlich gar nicht gewollt heraussprudelten. Doch sein anschließendes Erstaunen war so beredt und gleichzeitig die Situation so befreiend, dass nichts mehr gesagt werden musste.

In unseren weiteren Gesprächen verloren wir das Zeitgefühl, das dann Woldemar zuerst wieder fand.

„Ah, schade, Lina, aber ich muss mich nun wieder dem Gericht stellen."

Wir erhoben uns und gingen langsam zurück zum Gericht. Unterwegs bat mich Dr. Wuthenow, ob ich den Text über Hemingway hersagen könne, der vorn auf seinem Hoodie steht. Voller Stolz wie ein junges Mädchen aus der Untertertia zitierte ich:

„He no longer dreamed of storms
nor of women, nor of great concurrences,
nor of great fish, nor fights, nor contests
…"

„Schööööönnnn", strahlte Wuthenow. Wahrscheinlich war es das, was mich ermutigte, dass ich mich bei Herrn Wuthenow einhakte. Mich störten die Blicke der Zuschauer im Gerichtsflur nicht im Geringsten, und ich freute mich, als ich bemerkte, dass Carlotta Kuhl unsere Zweisamkeit mit offenem Mund registrierte.

5

Fortsetzung der Verhandlung

Im Gerichtssaal stellte sich eine weitere Überraschung für mich ein. Von der Anklagebank erhob sich eine Dame und lief Herrn Wuthenow strahlend entgegen.
„Freya", rief Dr. Wuthenow, „das ist jetzt aber nicht wahr!"
Die beiden begrüßten sich mit Wangenküssen und flüsterten recht aufgeregt miteinander, während ich bereits in den Zuschauerreihen Platz genommen hatte. Das war doch nicht ... doch, es war Frau Dr. Freya von Schlegel, eine berühmte Strafverteidigerin aus Berlin. Ich hatte sie schon einmal in einem Prozess erlebt. Was mochte das jetzt bedeuten?, fragte ich mich.
Frau von Schlegel war eine attraktive, sehr schlanke Frau Mitte 30 mit wachen blauen Augen und einem herzförmigen Gesicht, das von langen dunklen Locken umrahmt wurde. Sie trug ein schickes dunkelblaues Kostüm über einer weißen Seidenbluse.
Alle erhoben sich, denn Dr. Leonardi trat gerade hinter den Richtertisch.
„Die Verhandlung wird fortgesetzt, bitte nehmen Sie Platz."
Dann wandte sich der Richter an Dr. Wuthenow: „Nun, Herr Angeklagter, es hat sich in der Pause bei mir eine Dame vorgestellt, die behauptet, Ihre Verteidigerin zu sein. Sie sagt, sie sei Ihre Großnichte. Was sagen Sie dazu?"

„Ich bin überrascht, Herr Vorsitzender. Ja, es ist meine Großnichte. Aber ich wollte ja gar keine Verteidigung. Ich weiß nicht ..."
„Aber Onkelchen, ich konnte dich doch hier nicht allein lassen. Das geht doch nicht, das geht wirklich nicht. Du weißt schon, dass du befangen bist und die Grundsätze unseres Berufes kennst."
Dr. Wuthenow war verlegen und zauderte.
„Nun, nun, Herr Dr. Wuthenow, Sie müssen sich schon entscheiden. Hic Rhodos, hic salta!", drängte Dr. Leonardi.
„Ja, also, wenn's denn der Wahrheitsfindung dient ... Freya, ich sehe eine aufgedrängte Bereicherung. Und ich muss aber das letzte Wort behalten."
„Also?", fragte Dr. Leonardi.
„Also gut, ich erteile hiermit meiner Großnichte Prozessvollmacht zu meiner Verteidigung, Herr Richter."
„Dann nehme ich zu Protokoll: Der Angeklagte erteilt der Rechtsanwältin Dr. Freya von Schlegel in seiner hier anhängigen Strafsache Prozessvollmacht. Irgendwelche Bedenken, Frau Staatsanwältin, Herr Rechtsanwalt Dr. Grop?"
Die Angesprochenen schüttelten beide den Kopf und Frau Dr. Schlegel streifte sich ihre Anwaltsrobe über.
Der Richter blickte nun auf Dr. Grop.
„Wir verzichten auf die Zeugin Petra Kuhl, Herr Vorsitzender", sagte der Nebenklägervertreter.
„Gut, dann sind Sie hiermit entlassen, Frau Petra Kuhl, und können zu Ihrem
Gymnasium eilen!"
Die Schülerin winkte ihren Eltern zu und verließ den Saal.

„Dann bitte Frau Kuhl in den Zeugenstand, d. h. nehmen Sie bitte wieder vor diesem Tischchen Platz. Wir hatten den eigentlichen Tathergang bereits verhandelt. Ich möchte nun aber diesen Komplex abschließen, bevor ich auf die Hintergründe dieser Tat zu sprechen komme. Somit darf ich die Prozessbeteiligten bitten, dazu ggf. jetzt Fragen an die Zeugin zu stellen."
„Ich habe keine Fragen", sagte die Staatsanwältin.
Dann erhob sich Dr. Grop und ich machte mir Notizen. Seine Fragen an die Zeugin waren sämtlich bereits von seiner Mandantin beantwortet worden, aber er bohrte nach und wollte das Überraschungsmoment von der Zeugin besonders herausgestellt sehen, womit er das Merkmal „hinterlistig" in dem Anklagevorwurf zu begründen suchte. Nun ja, das war sein Job. Der Rechtsanwalt ist Interessenvertreter und agiert subjektiv. Der Vorsitzende ließ ihn gewähren, obgleich es nervig war, immer wieder dieselben Fragen und Frau Kuhls theatralische Antworten und Reaktionen zu hören.
Als Gerichtsreporterin habe ich einige Semester Jura studiert, d. h. speziell Strafrecht belegt und auch mit dem großen Prüfungsschein abgeschlossen, erst hiernach habe ich Journalistik studiert.
Bei der gefährlichen Körperverletzung handelt es sich ja um eine sogenannte Qualifikation zur einfachen Körperverletzung. Das bedeutet, dass in § 224 StGB Begehungsweisen einer Körperverletzung aufgezählt sind, die der Gesetzgeber als besonders gefährlich empfindet. Der Täter muss also den Tatbestand der einfachen Körperverletzung erfüllen und darüber hinaus auf eine der in § 224 StGB beschriebenen Arten und Weisen gehandelt haben.

Aus der besonderen Gefährlichkeit der Begehungsweise folgt, dass das mögliche Strafmaß im Vergleich zur einfachen Körperverletzung erheblich höher angesetzt ist, nämlich bedroht ist mit Freiheitsstrafe von 6 Monaten bis zu 10 Jahren. Im Falle von Dr. Wuthenow warf die StA ihm vor, die Körperverletzung durch einen hinterlistigen Überfall begangen zu haben. Ich kann mir beim besten oder auch schlechtesten Willen nicht vorstellen, dass ein so rationaler Mensch wie Wuthenow vorsätzlich ein solch hohes Risiko eingegangen sein könnte und das zudem noch vor vielen Zeugen. Also habe ich eine juristische Prüfung angestellt, ob das Tatbestandsmerkmal „hinterlistiger Überfall" wirklich in Frage stehen kann.
Ein Überfall i. S. d. § 224 Abs. 1 Nr. 3 StGB ist jeder plötzliche unerwartete Angriff auf einen ahnungslosen Menschen. Hinterlistig ist dieser, wenn der Täter seine wahre Absicht planmäßig berechnend verdeckt, um gerade dadurch dem Angegriffenen die Abwehr zu erschweren.
Es geht also um eine Abgleichung. Der Sachverhalt wird praktisch über das Merkmal des Gesetzes gelegt, ähnlich wie man Pauspapier über eine Vorlage legt, um eine Identität zu ermitteln. In dem letzteren Fall ist es ein optischer Vergleich. Bei der juristischen Würdigung geht es um geistigen Abgleich. Diese Ermittlung nennt man in der Rechtswissenschaft Subsumtion.
Ich will mal ein Beispiel nennen:

A und B befinden sich in einer wortreichen Auseinandersetzung, die B dadurch zu beenden vorgibt, dass er A die Hand zum Friedensschluss entgegenstreckt. Kaum hat der ahnungslose A die Hand ergriffen, stößt ihm B unvermittelt das Knie in den Unterleib. Hier hat der Bundesgerichtshof (BGH) einen hinterlistigen Überfall bejaht, da der Täter durch das Ausstrecken der Hand zum Friedensschluss seine wahre Absicht planmäßig berechnet verdeckt hat. Weitere hinterlistige Überfälle können sein: Verstecken und Auflauern, Beibringen eines Betäubungsmittels, Anbringen einer Stolperfalle etc.

Solche gefährlichen Merkmale weist Wuthenows Angriff nicht auf. Das ist aber nur meine rechtliche Einschätzung. In der Praxis werden für die Würdigung fast immer höchstrichterliche Urteile herangezogen. Mich würde es nicht wundern, wenn Wuthenow eine solche einschlägige Entscheidung präsentieren würde.

Rechtsanwalt Grop hatte nun seine nervige Fragerei beendet und der Richter schaute zu dem Angeklagten und seiner Verteidigerin.

Ich bemerkte, wie Dr. Wuthenow seiner Großnichte ein Blatt Papier und Unterlagen zuschob. Ein kurzer Blick auf das Dokument genügte ihr offensichtlich. Sie stand auf und erklärte in ruhigen Worten:

„Keine Fragen, Herr Vorsitzender. Jedoch möchte ich für den Angeklagten eine Erklärung abgeben, wenn Sie es zu diesem Zeitpunkt bitte gestatten."

Der Richter nickte nur.

„Ich überreiche zwei Entscheidungen des BGH.[16] Hier hat der Strafsenat gerade klargestellt: Allein das Ausnutzen des Überraschungsmoments ist nicht ausreichend. Hinterlist ist nicht beim bloßen Ausnutzen eines Überraschungsmoments gegeben, sondern erfordert, dass der

Täter zur Verschleierung des Angriffs weitere Planungen verwirklicht."

Die Anwältin übergab dem Richter ein Dokument mit dem Zitat und der Fundstelle, so dass das komplette Urteil leicht aufzufinden war.

Der Richter bat um die Stellungnahmen der anderen Beteiligten.

Die Staatsanwältin sagte: „Kein Kommentar. Ich werde mich in meinem Schlusswort damit auseinandersetzen."

Dr. Grop warf sich in die Brust und tönte lapidar: „Ich verbleibe bei meiner Überzeugung! Der Angeklagte kann Frau Kuhl gleichwohl aufgelauert haben und dann so getan haben, als würde er sie ganz zufällig in der Stadt treffen! Was hat der Angeklagte denn nach der Tat getan? Das wissen wir doch gar nicht!"

„Oh, doch, Herr Kollege, das wissen wir sogar ganz genau! Mein Mandant war auf dem Wege zum Landgericht Göttingen, wo er um 11.30 Uhr einen Termin wahrgenommen hat. Hier ist die Terminladung!" Mit diesen Worten überreichte die Anwältin dem Gericht die entsprechende Ladung.

„Möchten Sie auch noch das entsprechende Protokoll der Sitzung sehen, Herr Kollege? Übrigens, vor dem Übergriff war mein Mandant in dem Telekom-Geschäft in der Goethe-Allee, wo er sein Handy mit 50 € hat aufladen lassen. Hier ist die Quittung!" Sie übergab dem Richter einen Bon.

„Bitte, meine Damen und Herren, wenn Sie diese Unterlagen einsehen möchten, treten Sie bitte vor. Oder möchten Sie, dass Kopien gefertigt werden?", forderte Dr. Leonardi auf.

Das wurde von den Angesprochenen verneint.
Dr. Wuthenows Anwältin hob noch Folgendes hervor: „Mein Mandant hat die Nebenklägerin in der langen Zeit seit dem Zerwürfnis bis heute nie verfolgt oder ungebeten angerufen oder sonst wie belästigt. Das wird von Frau Kuhl auch gar nicht behauptet"
„Ist das richtig, Frau Kuhl?"
Die Zeugin nickte nur.
„Das Gericht zieht sich zur Beratung zurück", bestimmte Dr. Leonardi. „Bitte behalten Sie Platz."
In der Pause ging ich zu Dr. Wuthenow und seiner Großnichte und stellte mich vor. Frau Dr. von Schlegel war sehr charmant zu mir. Sie wusste auch sogleich etwas mit mir anzufangen, was mir zugegebenermaßen schmeichelte. Ich war zuversichtlich, diese zweite Runde ging wieder an Dr. Wuthenow und ich flüsterte es ihm auch zu.
Er zwinkerte mir zu. Mir war plötzlich ein provokanter Gedanke gekommen: Konnte es sein, dass Dr. Wuthenow und seine Großnichte von Anfang an dieses Intermezzo, also ihren plötzlichen Auftritt als Verteidigerin geplant hatten? Ich wehrte mich gegen diesen Gedanken, aber so richtig wurde ich ihn nicht los.
Nun ja, nach rechtskräftigem Abschluss des Verfahrens würde es mir Dr. Wuthenow sicherlich anvertrauen, dachte ich damals bei mir.
Da erschien bereits wieder der Richter und weiter ging's. Aber lange sollte die Verhandlung heute nicht mehr währen.
Dr. Leonardi verkündete: „Das Gericht weist die Prozessbeteiligten darauf hin, dass die Tat des Angeklagten nach vorläufiger Beurteilung des Gerichts auch nur als einfache

Körperverletzung zu ahnden sein könnte. Die Vernehmung der Nebenklägerin zu den Hintergründen dieser Tat soll nun Fortsetzung finden."

Dazu kam es nicht mehr. Es trat die Wachtmeisterin Neumann ein.

Sie ging um das Richterpult herum und flüsterte Herrn Dr. Leonardi etwas ins Ohr. Ich bemerkte ein Zucken im Gesicht des Richters. Es trat eine eigenartige andauernde Bewegungsruhe ein, wie wenn ein Film plötzlich angehalten wird. Es herrschte allseits totale Stille. Man hätte die berühmte sprichwörtliche Stecknadel fallen hören. Erst nach Minuten, so schien es mir, vernahm ich die irgendwie nun schwach klingende Stimme des Richters.

„Beschlossen und verkündet: Die Verhandlung wird aus persönlichen Gründen des Gerichts unterbrochen und vertagt. Fortsetzung der Verhandlung am ..." Es folgte nach Blättern in dem Terminkalender des Richters ein Datum in einer Woche um 10.00 Uhr.

Dr. Leonardi verschwand durch sein hinteres Beratungszimmer.

Ich kabelte das Zwischenergebnis sofort an meine Hamburger Redaktion. In der Online-Ausgabe war bereits am Nachmittag eine Kurznachricht unter der folgenden Überschrift zu lesen:

„Göttingen: Rechtsanwalt nur wegen einfacher Körperverletzung strafbar?"

Mein ausführlicher Bericht würde in 2 Tagen in der Illustrierten veröffentlicht werden.

6

Eheleute Kuhl nach der 1. Verhandlung

Wortlos und mit einem versteinerten Gesicht verließ Carlotta Kuhl schnellen Schrittes den Gerichtssaal. Innerlich bebte sie vor Enttäuschung und Wut. Die aufmunternden Rufe ihrer Groupies, ihrer ergebenen Freunde und Anhänger, drangen zwar in ihr Ohr, aber sie erreichten sie nicht wirklich. Nur raus hier, war ihr einziger Gedanke. Detlef, ihr Gatte, eilte ihr mit bleichem Antlitz hinterher, holte sie schließlich ein, aber sprach kein Wort. Was sollte er auch sagen? Es war alles so ganz anders verlaufen, als sie es sich vorgestellt hatten.

In der Beratungspause hatten sie ihre Tochter nicht umstimmen können. Petra hatte ihrer Mutter sogar an den Kopf geworfen: „Ich lüge nicht für dich, Mama!" Ihr Vater und Dr. Grop hatten Carlotta schließlich überzeugt, dass es angesichts der Lage besser sei, wenn Petra gar nicht erst aussagte.

In ihrem Auto entlud sich Carlottas angestaute Spannung in einen Schreikrampf, der in ein haltloses Heulen überging und schließlich in wütende Beschimpfungen gegen Woldemar Wuthenow mündete. „Dieses Schwein, dieses abscheuliche Schwein! Deddy, tu doch etwas! Fahr ihm hinterher und verprügle ihn!" Das wünschte sie sich tatsächlich, obwohl sie genau wusste, dass ihr Ehegespons

gegen diesen alten, aber durchtrainierten Mann kaum eine Chance haben dürfte. Es war dieses überwältigende Gefühl plötzlicher Ohnmacht, das sie niederschmetterte.
„Mümmelchen", erwiderte Detlef nur, „nun beruhige dich doch! Er wird doch bestraft werden", fügte er zaghaft hinzu, was allerdings nur eine Selbstbeschwichtigung darstellte.
„Bestraft? Bestraft!? Der kommt jetzt mit einer läppischen Geldstrafe davon, dieses Ungeheuer! Ich hasse ihn!"
Wie triumphierend hatte sie am Morgen den Gerichtssaal als gefeierte Künstlerin betreten, umjubelt von der Schar ihrer zahlreich erschienenen Fans und der ihr gewogenen Regionalpresse. Es sollte ihr großer Auftritt werden, eine Demonstration, eine Performance zu eigenen Gunsten gewissermaßen, die sie wie keine andere zu zelebrieren vermochte. Oh, wie sie sich daran erfreute, das Bild des alten Mannes auf der Anklagebank vor Augen zu haben! Ins Gefängnis sollte er kommen, dieser eingebildete Greis, und seine Zulassung als Anwalt sollte ihm entzogen werden und ihm damit jegliches weiteres Renommee verwehrt bleiben. Aber was war dann geschehen? Plötzlich schien ihr und ihrem Anwalt die Kontrolle über das Verfahren entglitten zu sein. Wie konnte das sein? Und wie sollte dieser Prozess nun zu Ende gebracht werden, ohne dass ihr Ruf Schaden davontrüge?
Zu Hause zeigte sich Detlef überaus bemüht um seine Frau. Er bereitete ihr ein Entspannungsbad und verschwand in der Küche, um ihr eines ihrer Lieblingsgerichte zu brutzeln.
„Mümmelchen, ich bereite uns etwas Schönes zu essen. Weißt du was? Für heute vergessen wir das Ganze. Lass

uns eine Nacht darüber schlafen und morgen überlegen, was wir tun können. Vergiss nicht, es gibt Schlimmeres." So versuchte er, sie zu beruhigen.

Ja, Detlef nahm die Dinge viel leichter als Carlotta, die diesen Ausweg weniger hatte. Denn nur sie kannte die ganze Wahrheit – eine Wahrheit, die sie ebenso entmutigte wie allergisch reizte. Zudem ahnte sie, was auf sie zukommen könnte, nachdem ihre Tochter zu ihrem nicht unbeträchtlichen Verdruss einen überraschenden Rückzieher vollzogen hatte und ihr nicht mehr zur Seite stehen wollte. Alle Versuche, Petra noch zur Aussage zu bewegen, selbst die großartigsten Versprechungen – strafrechtlich natürlich reichlich bedenklich – waren in der Beratungspause gescheitert.

In der Badewanne rätselte Carlotta: Alles hätte doch ganz anders sein sollen! Wie wird das nun enden? Tatsächlich hatten ihre Besorgnisse viele Väter, ja, viele ... Wollte man diesen Vätern Namen zuteilen, müsste man sich mit gewissen psychologischen Gesetzmäßigkeiten, dem Wahrheitssinn und mit Moral und Ethik auseinandersetzen.

Gegen 12.30 Uhr teilte Petra per Kurznachricht ihrer Mutter mit: „Klassenarbeit ist ausgefallen! Mama, brauchst mich nicht abzuholen. Bin mit Meysam verabredet."

Die Nachricht traf bei Carlotta auf gemischte Gefühle. Petra war mit Meysam seit einem Jahr befreundet. Sie waren mehr zusammen, als Carlotta recht war. Meysam war Perser und studierte in Göttingen Mathematik und Psychologie.

7
Post von Dr. Wuthenow

Später im ICE nach Hamburg erhielt ich von Dr. Woldemar Wuthenow eine Danksagung per E-Mail.

„Werte und liebe Lina,

für Ihren heutigen unschätzbaren Beistand meinen herzlichsten Dank, den ich Ihnen auch mit einem Zitat des Frühromantikers Novalis zum Ausdruck geben möchte:

‚Der Mensch besteht in der Wahrheit – Gibt er die Wahrheit Preis, so gibt er sich selbst Preis. Wer die Wahrheit verräth, verräth sich selbst. Es ist hier nicht die Rede vom Lügen – sondern vom Handeln gegen Überzeugung.'

Alles Gute und bis bald, ich freue mich auf Sie!
Mit herzlichem Gruß
Ihr Woldemar W."

Ich muss sagen, dass mich die in diesen Zeilen liegende Wertschätzung dieses erfahrenen alten interessanten Menschen sehr berührte und ich mich beschenkt fühlte.
Zwei Tage vor der Fortsetzung der Gerichtsverhandlung erhielt ich eine Reportage von Dr. Wuthenow und ein besonderes Foto.
Er schrieb mir erklärend dazu:

„Das hier war der Anfang vom plötzlichen Ende und das kam aus dem Nichts ... Ich sende Ihnen diese Dokumente vertraulich in der Absicht, dass Sie die bevorstehende gerichtliche Verhandlung schneller und auch tiefgreifender zu beurteilen vermögen ...

Juli 2019, mein Triathlon in Hannover

Ja, es war hart für mich, es war unvorhergesehen der Härtetest für mich, d. h. es war mir eigentlich nichts mehr möglich. Ich merkte es sofort nach dem Radrennen. Ich war total fertig, ausgepowert. Das Schwimmen ging gut, ich lag nicht schlecht. Ich hatte aber beim Radfahren überzogen, hatte wie ein Wilder die Pedalen gestrampelt, ich Depp, erfahrungslos hatte ich die hohen Gänge gedrückt und war fast nur im roten Pulsbereich. Dann nach dem Absteigen vom Rad ging nichts mehr, nichts mehr ... Taumelte ich nicht schon an dem Rad mehr hängend denn es schiebend in die 2. Wechselzone? An meinem Wechselplatz (Umziehen zum Laufen) setzte ich mich vor Schwäche auf die Erde, das musste ich, denn ich war ein hechelndes Wrack. Ich rappelte mich schließlich hoch. Ich torkelte aus der Wechselzone. Meine Beine rutschten mir vor Schwäche regelrecht weg. So schlürfte ich meine Beine hinter mir her und gewann kaum Raum. Es lagen 5000 Meter vor mir, wie sollte ich die schaffen? Wie fürchterlich war von Anfang an das Laufen, aber Laufen konnte man das nicht mehr nennen, was ich da veranstaltete. Eigentlich nicht zu beschreiben. Ich sah ja am Puls, was mit mir los war. Puls = am Maximum = bei mir sind das 159/160 in der Minute, total am Limit war ich. Ich fragte mich selbst, warum ich nicht besser sofort aufgab. Warum versuchte ich denn einen Fuß vor den anderen noch zu setzen, da der ganze Körper doch dagegen rebellierte und aufhören, aufhören schrie.

Aber ich konnte nicht aufhören. Irgendeine Macht war stärker als meine Vernunft und zwang mich, in der Bahn zu bleiben, wenn ich auch stehenblieb. Sie trieb mich weiter voran, egal, wie ich torkelte."

Ich hielt im Lesen inne: Das ist ja unwahrscheinlich. Was für eine tolle Sportstory!

Sollte das wirklich so abgelaufen sein? Kann der Wuthenow das erfunden haben? Der Mann war damals Mitte 70, das gibt es doch gar nicht! Aber wenn es doch stimmte, dann war Wuthenow doch so etwas wie ein Abenteurer.

Ich vertiefte mich wieder in die Schilderung.

"Es wird dir Wasser gereicht. Du kippst es dir dankbar über den Kopf. Es sind 34 Grad Mittagshitze. Eigentlich möchtest du weinen. Hier bist du nicht mehr Mensch, hier kannst du nicht mehr sein!

Eine Läuferin zieht vorbei, sagt etwas Aufmunterndes. Heulst du nicht schon in dieser Folter? Aber dieser Anruf ist, als ob du es herbeigesehnt hättest. Für einen Augenblick sammelst du Kraft, für ein paar Schritte bloß. Nicht einmal Tippelschritt möglich. Ich musste, weil nichts ging, immer wieder langsam gehen. Das war demütigend. Mein Körper wollte nicht mehr, konnte auch nicht mehr. Aber 4000 m liegen noch vor dir. Was denkst du in solcher Situation? Es ist auch Scham vor anderen und vor dir selbst. Du möchtest am liebsten im Erdboden verschwinden. Dann ist dir plötzlich alles egal. Mit dem sofortigen Schlag, der dein Herz zerreißen wird, rechnest du, und deswegen hältst du an und schnappst nach Luft. Aber der Puls beruhigt sich nicht, ein, zwei Schläge weniger ... du gehst, aber kommst nicht voran. Andere Läufer huschen an dir vorbei, unwirklich, gespenstig, ..."

Kann das wahr sein?, dachte ich. Der ist doch verrückt, der Wuthenow. Beinahe hastig vor Aufregung widmete ich mich dem weiteren Text.

„*Spaziergänger sind plötzlich vor mir. Aber ich bin zu schwach, sie zu überholen, denn ich schleppe mich nur noch dahin. Mein Brustkorb keucht, ich fürchte, es wird mir gleich der Leib platzen, es wird mir gleich schwarz werden vor den Augen, ich werde in Ohnmacht fallen, aber vorher macht es Peng! Kaputt. Plötzlicher Herztod, heißt es dann. Das war's. Ich gehe wieder, aber langsam, nur langsam, dass der Puls doch etwas sich beruhige. Wasser, Wasser. Ich greife einen Becher, gieße mir den Inhalt über den Kopf. Zwei Helferinnen, nur schemenhaft sehe ich sie, klatschen in die Hände, um mich aufzumuntern. Ich schäme mich vor ihnen, aber gleichzeitig tut es mir wohl. Ich beginne wieder zu traben. Noch ein Kilometer, ruft eine Stimme. Noch ein ganzer Kilometer*, tönt es in meinem Inneren wider und zieht mich hinab. Wie soll ich das schaffen? Ich kann nicht mehr. Ich bin 75 Jahre. Ich bin starker Raucher. *Dies ist mein erster Triathlon in diesem Jahr nach eineinhalb Jahren erzwungener Abstinenz. Ich habe nur 4 Wochen halbwegs trainieren können, zu wenig. Das dreifache davon wäre erforderlich gewesen. Ich muss aufgeben, es geht doch nicht mehr, neben die Bahn treten; dnf = does not finish. Neeiiinnn!*"

Ich unterbrach meine Lektüre wieder, Der Mann ist ja meschugge, ruft es aus mir, und ich dachte: Das ist doch nicht wahr, aber ich sehe ja die Fotos hier. Da ist er doch leibhaftig zu sehen! Schwimmend, auf dem Rennrad in Aero-Position im Zweikampf begriffen, einlaufend ins Stadion ... im Ziel, wenn ich die Fotos nicht sähe ... unglaublich!

„Neues Aufrappeln, da ich die Laute aus dem nahen Stadion höre. Nicht mehr weit, nicht mehr weit ... oh, wenn ich es doch noch bis ins Ziel schaffte!
In das Stadion bin ich schließlich ‚eingelaufen', das heißt, auf der Aschenbahn bin ich getorkelt. Plötzlich kommt mir Petra quer über den Platz entgegen gelaufen und läuft nun, mich anfeuernd, freudig neben mir auf der Rasenfläche her, während ich der Bahn folge. Es verleiht mir wie geheimnisvoll neue Kraft. Abgekämpft, aber total glücklich überquere ich die Ziellinie – aber ich finde keinen Atem. Ich muss mich beugen und auf meinen Knien abstützen. Ich will nicht stürzen. Ich möchte lieber stehend untergehen und wenn dann doch triumphierend. Ich keuche ohne Unterlass, aber bin glücklich."
Ich betrachtete aufmerksam das Foto, das laut den Schilderungen von Woldemar Wuthenow eine fast 10-jährige Freundschaft zerstört hätte. Wie eigenartig! Ach, da steht ja noch ein PS von Woldemar!
„PS: Das Foto nach dem Zieleinlauf wurde zirka 4 Monate später zum Schlüsselerlebnis. Übrigens ist es von Carlotta selbst geschossen worden, wie auch die anderen Fotos! Sie hat mir alle Fotos, also den Chip, geschenkt. Sie wollte sie nicht haben.
Ich freue mich sehr auf Sie in 2 Tagen!
Und nie vergessen, werte Lina: Der Mensch muss nach dem Guten und Großen streben, das Übrige hängt vom Schicksal und Zufall ab!
Horrido und immer eine Handbreit Wasser unter dem Kiel!
Ihr Woldemar Wuthenow"
Ich musterte das Foto.

Es zeigt Woldemar Wuthenow im Stadion nach dem Zieleinlauf auf der Aschenbahn stehend, athletisch, sonnengebräunt. Großaufnahme bis zu den Oberschenkeln reichend, rechts im Vordergrund Carlottas Tochter Petra ebenfalls stehend. Woldemar im einteiligen Triathlonanzug schwarz-orange mit weißer Laufkappe, Sonnenbrille. Der Einteiler (auch einfach nur Tri genannt) ist über der Brust mittels eines Reißverschlusses geöffnet. Man sieht seine schwarzgraue Brustbehaarung. Petra vor ihm im Abstand von 2 Metern ragt mit ihrem Oberkörper rechts in das Foto. Sie ist im Profil abgebildet, ihr jugendliches Gesicht zeigt helle Färbung, ihre braunblonden Haare trägt sie nach hinten gezogen und zusammengesteckt. Beide Personen halten ihren Kopf wie in Demut gesenkt, Augen gen Boden gerichtet. Es ist Mittag im Hochsommer, die Sonne knallt auf die Aschenbahn. Im Hintergrund sieht man Sportler und Zielgestänge. Woldemar ist triefend nass von Wassergüssen und Schweiß, abgekämpft. Seine Arme hängen seitlich gänzlich an seinem Körper herab und sind an den Oberschenkeln abgelegt. Er trägt vor dem Bauch eine große Start-Nr.: 399, an den Handgelenken links eine weiße Sportuhr, rechts zwei Bändchen, eines davon mit einem Schlüsselchen. Beide Personen atmen offensichtlich heftig, auch Petra ist ca. 300 Meter neben der Strecke hergelaufen, wie die anderen Fotos zeigen. Woldemar sieht man die Strapazen an, doch man sieht keinen Verlierer. Er scheint glücklich und auch stolz.

Ein fotographisch faszinierendes Sportbildnis, lächelte ich. Aber das ist doch närrisch. Wie konnte dieses Foto Anlass geben, eine Freundschaft zu zerstören?

8

Fortsetzung der Strafverhandlung

Dr. Leonardi eröffnete die Fortsetzung der Strafverhandlung. Der Saal war wieder von Zuhörern gefüllt. Alle Prozessbeteiligten waren bereits auf ihren Plätzen. Wuthenow fiel sogleich auf, dass Dr. Leonardi eine schwarze Krawatte trug. Er kannte den tragischen Grund. Ein Großneffe des Richters war auf einem landwirtschaftlichen Gut tödlich verunglückt. Die genauen Umstände waren ihm noch nicht bekannt. Dr. Leonardi hätte sich krankschreiben lassen können.
Wuthenow fühlte mit ihm voller Teilnahme. Sicherlich wollte sich Dr. Leonardi vor seiner unermesslichen Traurigkeit in die Arbeit flüchten. Wuthenow vermochte sich in die Trauer des Richters hineinzuversetzen, der sich äußerlich bemühte, sich davon nichts anmerken zu lassen.
Die Vernehmung von Frau Kuhl, die bereits auf dem Zeugenstuhl Platz genommen hatte, war fortzusetzen. Der Richter belehrte nochmals über die Pflicht zur Wahrheit und dass auch nichts verschwiegen werden dürfe, selbst wenn es der Zeugin unangenehm sein sollte oder ihr zum Nachteil gereichen würde. Eine unrichtige Aussage vor Gericht sei mit hoher Strafe bedroht und sie müsse auch damit rechnen, vereidigt zu werden.

„Ja, also, Frau Kuhl, bitte berichten Sie möglichst im Zusammenhang, wie es zu dem Bruch der Freundschaft mit dem Angeklagten gekommen ist?"

„Es war so, dass er und natürlich auch seine Frau zum Geburtstag unserer Tochter eingeladen waren. Er wollte Petra ein Foto schenken, auf dem beide abgebildet sind, also ein Foto in einem Rahmen. Aber das wollte meine Tochter nicht. Und das habe ich ihm zu verstehen gegeben. Daraufhin hat er die Einladung abgesagt. Das war eigentlich alles ganz harmlos. Ich habe gar nicht verstanden, weshalb Woldemar ... ähm, Herr Dr. Wuthenow darüber so heftig reagierte. Ja und danach meldete er sich nicht mehr. Und ich selbst habe auch keinen Grund gesehen, mich bei ihm zu melden. Er ist dann tatsächlich der Feier ferngeblieben. Am nächsten Tag habe ich seiner Frau mit einer Botschaft per Handy meine Sicht des Vorfalles erklärt. Wir hatten dann über Monate keinen Kontakt mehr. Einmal trafen wir uns zufällig in der Stadt. Da gab es im Anschluss wieder schriftlichen Austausch, aber ein mündliches Gespräch oder Treffen fand nicht mehr statt. Auch habe ich die Korrespondenz abgebrochen. Ich empfand seine Vorhalte als belastend. Ich wollte ungestört mein Buchprojekt vorantreiben. Viel mehr kann ich dazu eigentlich nicht sagen, Herr Richter."

„Nun ja, hm, was ist mit diesem Foto? Das würden wir gerne sehen. Und warum wollte das Ihre Tochter denn nicht annehmen? Sie sagen, es sollte ein Geschenk sein. War es das Geburtstagsgeschenk?"

„Äh, nein, es war nicht das Geburtstagsgeschenk. Es war als eine Danksagung gemeint, weil unsere Petra dem Woldemar bei dessen Triathlon auf den letzten 200 Metern angefeuert hat. Sie ist neben ihm hergelaufen, um ihn anzufeuern. Das Geburtstagsgeschenk kam extra. Ich muss auch noch ergänzen, dass der Geburtstag an einem Freitag war. Am folgenden Montag fanden wir vor unserer Haustür das Geburtstagsgeschenk und dazu das gerahmte Foto. Das Bild bzw. Foto habe ich nicht mehr. Ich glaube, das Foto hat meine Tochter weggeworfen."

„Hm, wie soll man das nun genau verstehen? Wenn es eine Danksagung war, versteht man nicht so recht, wieso man diese ablehnt?", fragte Dr. Leonardi. „Wer hat denn das Foto von dem Angeklagten und Ihrer Tochter eigentlich gemacht?"

„Ja, das war ich."

„Das waren Sie, so so! Nun muss ich Ihnen freilich vorhalten, dass die Ablehnung einer Danksagung doch sehr unhöflich sein dürfte. In manchen Kulturkreisen wird es gar als eine tödliche Beleidigung angesehen. Und schließlich handelte es sich doch um einen langjährigen Freund der Familie, wenn ich das richtig sehe. Es fehlt mir da etwas das Verständnis, Frau Kuhl."

„Kann dazu nur sagen, unsere Tochter fand das Foto nicht schön und ich auch nicht, Herr Richter. Beleidigen wollte ich den Woldemar nicht."

„Nicht schön. Hm, aber Ihre Tochter hätte doch mit dem Foto machen können, was sie wollte, oder?"

„Das Foto machte sie wohl verlegen, Herr Richter."

„Hm, komisch, verstehe ich nicht. Ihre Tochter soll doch die letzten 200 Meter neben dem Angeklagten mitgelaufen sein, um ihn anzufeuern? Was also bemängelte sie denn später an dem Foto?"

„Ich weiß es doch nicht, Herr Richter", schluchzte die Zeugin wieder einmal mehr.
Es meldete sich Wuthenows Anwältin und bat um eine Zwischenbemerkung. Dr. Leonardi nickte in ihre Richtung.
„Merkwürdig, Frau Kuhl, in Ihren Audio-Nachrichten, die noch Erörterung finden werden, haben Sie dem Angeklagten einen schlimmen Vorwurf gemacht. Ich stelle daher fest, Sie widersprechen sich also! Was stimmt denn nun?"
„Es tut mir leid. Ich bringe da wohl etwas durcheinander. Es ist auch so lange her. Aber es stimmt, was Sie mir vorhalten. Ich hatte damals den Eindruck, dass sich meine Tochter wegen des Fotos, wie soll ich sagen, vor ihren Freundinnen schämte oder so ähnlich", hauchte die Zeugin.
Plötzlich schaltete sich Dr. Grop ein: „Ich protestiere gegen diese Befragung, Herr Richter! Das hat mit dem Anklagevorwurf doch gar nichts zu tun!"
„Sie sind nicht dran, Herr Rechtsanwalt", wies ihn Dr. Leonardi zurecht. „Wie Sie bemerkt haben, habe ich diese Befragung zugelassen. Das Gericht hat den Hintergrund des Anklagevorwurfes in jeder Hinsicht aufzuklären. Dazu zählt auch, wie es zu dem Zerwürfnis unter den ehemals befreundeten Familien gekommen ist."
„Hatten Sie den Eindruck oder sagte das Ihre Tochter und mit welcher Begründung eigentlich?", fuhr die Anwältin unbeirrt in ihrer Befragung fort.
„Sie gab es mir irgendwie zu verstehen. Ich verstand sie so, wie ich es in meinen Sprachnachrichten an den Angeklagten und auch seiner Frau gegenüber zum Ausdruck gebracht habe."

„Diese enthalten schwere Diskriminierungen und Beleidigungen gegenüber dem Angeklagten. Ich werde darauf zurückkommen. Sie scheinen sich zum Sprachrohr Ihrer Tochter gemacht zu haben, während Sie doch als Mutter eine erzieherische Aufgabe gegenüber Ihrer Tochter hätten geltend machen können und sollen! Im Übrigen hätte doch Ihre Tochter das Bild, so sie es nicht mochte, schlicht verschwinden lassen können. Auch im Nachhinein hätten Sie noch schlichtend eingreifen können!"
Carlotta Kuhl errötete und konnte nicht mehr antworten. Sie sank in ihrem Stuhl zusammen und rang nach Atem, jedes Selbstbewusstsein und jede Selbstgewissheit waren von ihr abgefallen; sie stöhnte und begann, ihr Gesicht hinter einem Taschentuch verbergend, zu weinen, so dass Dr. Leonardi ein Einsehen hatte und eingriff.
„Wollen wir es einstweilen dabei belassen, Frau Rechtsanwältin? Herr Dr. Grop, möchten Sie für Ihre Mandantin eine Pause?" Der Anwalt ging zu seiner Mandantin und beugte sich zu ihr und flüsterte mit ihr für eine geraume Zeit. Carlotta schien sich zu fangen.
Dr. Grop erklärte jedenfalls: „Meine Mandantin möchte die Befragung hinter sich bringen. Ich bestehe allerdings darauf, meine Mandantin als Opfer zu sehen und zu behandeln und nicht als Täterin!"
„Gewiss, Herr Rechtsanwalt! Das Gericht verkennt nicht, dass es für Ihre Mandantin als Zeugin sehr belastend ist, sich den insistierenden Befragungen etwa seitens der Verteidigung wie auch des Gerichts und der Staatsanwaltschaft nach so vielen Jahren zu stellen. Daher biete ich ausdrücklich an, dass Ihre Mandantin von ausgiebigen Pausen auch Gebrauch macht oder eine Vertagung beantragt."

„Meine Mandantin möchte die Verhandlung fortgesetzt sehen", äußerte sich Dr. Grop und begab sich wieder auf seinen Platz.

„Nun gut, ich setze nunmehr die richterliche Vernehmung fort, Frau Kuhl. Wie lange waren Sie befreundet und was zeichnete diese Freundschaft aus?"

„Wir waren fast 10 Jahre befreundet. Die Eheleute Wuthenow haben mir bei meinem Start als Schriftstellerin auch sehr geholfen. Das ist richtig. Es machte mich auch traurig, dass alles so gekommen ist."

„Frau Zeugin, hat man sich eigentlich zu jedem Geburtstag eingeladen, also während der Zeit Ihrer Freundschaft?"

„Ja, immer und auch gegenseitig."

„Sonstige gemeinsame Unternehmungen?"

„Ja, vielfach."

„Hat er Ihnen beruflich auch als Anwalt geholfen?"

„Ja, auch vielfach. Wir haben uns gegenseitig viel geholfen."

„Und war er als Rechtsberater erfolgreich?"

„Ja, das stimmt."

„Wie war das Verhältnis zu Ihren anderen Familienangehörigen?"

„Gut, er mochte uns alle, auch meinen Mann, unsere Tochter und auch meine Eltern und auch meine Schwester wie auch umgekehrt. Da er keine Kinder hat, fühlte er sich unserer Tochter gegenüber auch wohl wie ein Großvater. Es ging unter uns allen sehr harmonisch zu, Herr Richter."

Bei diesen Worten ging ein Raunen durch den Saal und auch ich konnte mich dem nicht entziehen. Ich staunte auch über den Richter, der so insistierte und jeden irgendwie relevanten Moment zur Sprache brachte bzw. nachhakte. Und das sollte noch weitergehen.

„Aber dann war doch die Absage der Einladung seitens des Angeklagten, offensichtlich ein Protest oder ein Appell an Sie! Wieso blieb das von Ihnen oder der gesamten Familie ignoriert? Das bleibt nach Ihren Schilderungen nicht nachvollziehbar. Verstehen Sie, was ich damit anspreche? Und wieso gab es offenbar keinen Versöhnungsversuch?"

„Ich weiß es nicht", klang es leise von der Zeugin. „Es war irgendwie alles so festgefahren. Jeder hatte wohl seinen Stolz. Und ich selbst war mit meiner Schriftstellerei so beschäftigt. Dann kam die Corona-Zeit …"

Dr. Leonardi umfasste wieder nachdenklich sein Kinn und meinte schließlich nach einer Pause: „Das Gericht will es im Moment dabei bewenden lassen. Frau Staatsanwältin, bitte, Sie sind nun dran."

Doch es meldete sich durch Handzeichen die Anwältin Frau Dr. von Schlegel: „Herr Vorsitzender, Frau Staatsanwältin, darf ich Ihnen bitte das Foto vorlegen, das die Zeugin erwähnte und das den Anlass für das Zerwürfnis bildete?"

Dr. Leonardi nickte nur und die Anwältin übergab dem Richter das Foto. Der Richter diktierte diesen Fakt zu Protokoll in sein Aufnahmegerät und bat alle Prozessbeteiligten an den Richtertisch. Ich wechselte einen Blick mit Dr. Wuthenow und wusste, dass es sich um das Foto handelte, das er mir gesendet hatte. Die Beteiligten sahen sich alle schweigend das Foto an und begaben sich wieder an ihren Platz.

Die Staatsanwältin und Dr. Grop stellten keine Fragen an die Zeugin. Frau Dr. von Schlegel erhob sich und wandte sich zu der Zeugin.

„Ich habe einige weitere Fragen an Sie. Zunächst zu dem Vorfall vom 11.11.2019. Das war der 14. oder 15. Geburtstag Ihrer Tochter Petra. Ich habe hier einen Chatverlauf vom Vormittag dieses Tages zwischen Ihnen und dem Angeklagten. Es ist das Handy des Angeklagten." Die Verteidigerin hielt das Handy in die Luft. „Aus dem schriftlichen Gespräch geht hervor, dass Sie sich mit der Dankesgeste per gerahmtem Foto einverstanden erklärten. Wörtlich schrieben Sie:

‚Hallo, Woldemar, gib es bitte Petra. 😌 Sie kann dann entscheiden.'

Dann hatten Sie sich doch bereits geeinigt. Vorhin sagten Sie aber etwas anderes aus, nämlich dass Sie Herrn Wuthenow zu verstehen gegeben hätten, dass Ihre Tochter das Foto nicht wolle. Was ist denn nun richtig?"
„Das habe ich hinterher erst gesagt, per Sprachnachricht. Ich habe mich vorhin ungenau ausgedrückt. Das tut mir leid. Ich habe es nicht mehr ganz genau in der Erinnerung gehabt", antwortete die Zeugin mit einer bedauernden Geste.
„Mit dem eben von mir zitierten Satz endete Ihre Unterhaltung per Chat." Bei diesen Worten überreichte die Verteidigerin dem Gericht und anschließend der Zeugin ein Blatt Papier mit der Bemerkung, dass es sich um den Screenshot bzw. Kopie desselben stattgefundenen Gespräches handle. Sie fuhr fort: „Ist es demnach richtig, dass Ihnen bewusst sein musste, dass der Angeklagte von einer Einigung bzw. Ihrer Zustimmung ausging?"
Die Zeugin blickte auf das Blatt Papier. Ich konnte ihr Gesicht nicht sehen, aber ich bin sicher, dass sie errötete.

Sie antwortete nun wieder glucksend mit einem kaum hörbaren „Ja."
„Verzeihung, Frau Anwältin, was ist ein Screenshot?", fragte Dr. Leonardi. Die Anwältin erklärte es anschaulich. „Danke, fahren Sie bitte fort, Frau Rechtsanwältin."
„Frau Kuhl, was erkennen Sie unterhalb Ihres letzten Satzes, also unterhalb Ihrer Zustimmung?"
„Da ist eine Audio-Nachricht von mir."
„Richtig, davon haben Sie allerdings dem Gericht keine Mitteilung gemacht. Bitte erklären Sie dem Gericht, was eine Audio-Nachricht ist und was Sie in dieser Nachricht mitgeteilt haben."
Die Zeugin beschrieb, was eine Audio-Nachricht ist. Dann antwortete Sie: „Ich kann mich nicht mehr daran erinnern, was ich gesagt habe. Aber ich weiß, dass ich sehr wütend reagiert habe."
„Richtig, Sie waren wütend und zornig und machten dem Angeklagten böse Vorwürfe. Das werden wir gleich live hören können. Aber zunächst ergibt sich doch folgende Frage: Warum haben Sie denn den Angeklagten nicht angerufen, wenn Sie Ihre Meinung plötzlich geändert haben? In einem Gespräch hätten Sie doch wie bislang immer freundschaftlich ein etwaiges Problemchen lösen können?"
„Ich weiß es nicht, ich weiß es nicht", haderte die Zeugin.
„Audio-Nachrichten sind einseitig, der Empfänger kann nur passiv dieselbe anhören. Unter Ihnen wurden Audio-Nachrichten nur ganz selten getauscht, und wenn, dann waren es stets angenehme Botschaften, keine Wutreden. Ist das richtig?"
„Ja, doch."

„Was ist Ihre Erklärung?"
„Ich weiß nicht, warum ich wütend wurde. Ich weiß nicht, warum ich nicht angerufen habe", jetzt weinte die Zeugin wieder.
„Dann will ich es Ihnen sagen: Sie wollten keinen Widerspruch hören. Deshalb haben Sie zu dieser Form der Übermittlung gegriffen. Ist es so?" Die Anwältin sprach modelliert, unaufgeregt, aber bestimmt.
„Dann war es eben so!"
„Gut, dann haben wir das geklärt! Da Sie sich an den Inhalt Ihrer Botschaft nicht mehr erinnern, spiele ich Ihnen den Text jetzt als Vorhalt vor. Bitte hören Sie genau zu."
An das Gericht gewandt beantragte die Anwältin, die Nachricht als Beweismittel zuzulassen. Das Gericht und die Vertreterin der Anklage stimmten zu. Dr. Grop verweigerte die Zustimmung und bat um eine Entscheidung.
„Beschlossen und verkündet: Die von der Verteidigung beigebrachte Hörnachricht wird als Beweismittel zugelassen und soll angehört werden. Der Empfänger der Audio-Nachricht darf dieselbe ohne weiteres als Beweis verwenden, ebenso wie einen Brief. Darin ist keine Persönlichkeitsverletzung zu sehen. Das ist höchstrichterlich anerkannt."
Die Nachricht wurde von Frau Dr. von Schlegel abgespielt. Zuvor händigte sie allen Beteiligten, auch der Zeugin, eine Leseabschrift aus. Man vernahm die Stimme der Zeugin. Lina straffte ihren Oberkörper und beugte sich nach vorn, um möglichst jedes Wort zu verstehen. Das erwies sich als unnötig.
Die Verteidigerin erklärte: „Die Lautstärke habe ich mittels eines Verstärkers angehoben."

Nun vernahm man eine schrille Frauenstimme:

„Ja, Woldemar, ohne dir zu nahe treten zu wollen, lass das mit dem Foto. Es hört sich jetzt vielleicht ein bisschen krass an, aber so viel Ehrlichkeit muss ganz einfach zwischen uns sein. Ein Mädchen mit einem alten Mann auf nem Foto, das geht einfach nicht. Also, so hat das Petra gesehen."

Jeder im Saal konnte die wutentbrannte Stimme der Zeugin hören. Und ich begriff spätestens jetzt, was hier vonstattenging. Das war die Selbstinszenierung eines selbstgefälligen, narzisstischen Charakters. Die Tonalität zeugte von gespielter Überlegenheit und von Verhöhnung. Und ich begriff, dass Dr. Wuthenow diese Verteidigung so in eigener Person nicht hätte führen können, und dass er dieses vorausgesehen haben musste und folglich der Auftritt seiner Großnichte als seine Verteidigerin von Beginn an durchdacht gewesen sein dürfte. Es war eine geniale Strategie und zugleich eine perfekte Verteidigung.

Ich blickte zu Woldemar Wuthenow. In seinen Augen sah ich keinen Triumph, eher eine bittersüße Melancholie, und ich sah daneben auch Stolz und Anerkennung gegenüber der Leistung seiner Großnichte, die eine geborene von Wuthenow war, doch dieser Adelstitel war von der Familie abgelegt worden.

„Frau Zeugin, was wir soeben gehört haben, ist Ihre Stimme. Ihre Wut ist unüberhörbar. Zwischen Ihrer letzten schriftlichen Nachricht, Ihrer Zustimmung, und diesem Anfall von Zorn und Hohn gegenüber einem weit älteren Freund, sind keine 7 Minuten vergangen. Was ist da mit Ihnen geschehen, wie erklären Sie sich diesen Widerspruch? Ich möchte jetzt von Ihnen Erklärungen hören!"

„Ich habe mich im Nachhinein wohl geärgert, ich konnte dieses Foto nicht sehen. Es hat mich irgendwie abgestoßen, ich weiß es nicht."

„Aha, das Foto hat Sie abgestoßen. Also demnach war gar nicht Ihre Tochter der Grund für Ihren Ausbruch? Aber bei dem Foto, das Sie selbst geschossen haben, handelt es sich um eine ausgezeichnete Sportfotographie. Und Sie selbst haben sich doch dazu bereit erklärt, von Woldemar Wuthenow Sportaufnahmen zu fertigen. Wie können Sie nach all dem Vorausgegangenen eine solche Niedertracht an den Tag legen und meinen Mandanten, mit dem Sie fast ein Jahrzehnt befreundet waren, wegen seines Alters diskriminieren?"

„Es tut mir leid, es tut mir leid", weinte die Zeugin. „Ich hab vorher noch mit meinem Mann telefoniert, der mich in meiner Sicht bestärkt hat."

„So so, nur haben Sie ihm auch mitgeteilt, dass Sie Herrn Wuthenow beleidigen und diskriminieren wollten? Haben Sie ihm auch mitgeteilt, dass sie sich schon vorher einig geworden waren? Wollen Sie, dass wir dazu Ihren Mann auch noch gleich als Zeugen hören?"

„Nein, bitte nicht! Es stimmt, ich habe ihm nicht alles richtig dargestellt. Ich war blind vor Wut. Ich sah nur, dass Woldemar mit dem Foto angeben wollte!"

Während dieser Vernehmung raunte es im Publikum immer wieder, so dass Richter Leonardi zur Ruhe mahnte.

„Frau Kuhl, das kann aber auch nicht zutreffen, denn mein Mandant wollte das Foto Ihrer Tochter verpackt überreichen und Ihre Tochter hätte damit machen können, was sie wollte!"

„Jaaa, jaaaa", heulte die Zeugin nun gänzlich haltlos.

„Nun gut, Frau Zeugin, in der Sprachnachricht am nächsten Tag an Frau Diana Wuthenow fügten Sie noch hinzu, dass Herr Wuthenow auf dem Foto den Reißverschluss seines Triathlonanzuges bis über den Bauchnabel hinaus geöffnet hätte, stimmt das?"

Kleinlaut kam ein Ja über Carlottas Kuhls Lippen.

„Und was sehen Sie in Wirklichkeit auf dem Foto?"

„Es trifft nicht zu."

„Genauer bitte!"

„Ich habe mich getäuscht."

„Das nehme ich Ihnen nicht ab! Auf dem Foto sieht man ganz genau, dass der Bauchnabel nicht zu sehen ist. Wollen Sie sich am Bild davon überzeugen?"

„Nein!", stammelte Carlotta Kuhl.

„Ist es demnach richtig, dass Sie gelogen haben? Und wenn ja, möchte ich Sie fragen, warum haben Sie diese Lüge gegenüber so guten Freunden in die Welt gesetzt?" Zum Gericht gewandt beantragte die Anwältin eine Pause mit der Bemerkung: „Ich hätte gern, dass sich die Zeugin die Antwort genau überlegt."

Dr. Leonardi nickte und ordnete eine Pause an von 15 Minuten. Die Zuschauer murmelten nun und sprangen nacheinander auf. Ich erhob mich ebenfalls. Als ich mich wendete, sah ich in das bleiche Gesicht von Detlef Kuhl. Die #MeToo-Gruppe verließ betreten den Saal. Ich verließ das Gebäude und telefonierte mit meiner Redaktion.

9
Ein persönliches Desaster

Als ich in das Gebäude zurückkehrte, bemerkte ich aufgeregte Gespräche in den Gruppen von Zuschauern. Eine merkwürdige Stimmung herrschte im Gerichtsflur vor dem Saal. Der Saal war auch fast leer und das Ehepaar Kuhl wie auch Dr. Grop waren nicht zu sehen. Es musste etwas vorgefallen sein. Ich wandte mich zur Wachtmeisterei, um mehr zu erfahren, aber das war gar nicht nötig. Ein Kollege von der Regionalpresse schien nur auf mich gewartet zu haben, denn er stürzte auf mich zu. Ich trug ja selbst ein kleines Schildchen mit der Aufschrift „Presse". Wir stellten uns namentlich vor und er berichtete mir, was in der Zwischenzeit vorgefallen war.
Sie sei zusammengebrochen. Es sei ein wahrer Tobsuchtsanfall gewesen, Beschimpfungen und Gekreische. Selbst ihren Anwalt hätte sie als Niete und Versager beschimpft und wiederholt ausgerufen: „Dann bin ich eben böse!" Dann waren von ihr auch Verschwörungstheorien zu hören, die man von Querdenkern kenne. Zwei Wachtmeisterinnen seien zu Hilfe gerufen worden. Ihr Ehemann hätte sie erst gar nicht beruhigen können. Man hätte sie stützen müssen und in das Untergeschoss geführt, wo sie dazu bewegt werden konnte, sich in einer Zelle für Straftäter niederzulegen. Dort befinde sie sich noch. Ein Arzt

sei gerufen worden. Richter Dr. Leonardi habe die Pause um eine halbe Stunde verlängert.
Der Kollege war etwa in meinem Alter. Er war vom Göttinger Tageblatt. Er war mir ganz angenehm. Er staunte, als ich ihm mitteilte, für welche Illustrierte ich arbeitete.
Ich fragte ihn: „Peter, was halten Sie von dem Ganzen?"
„Es ist ein Skandal für die Künstlerin, ein furchtbarer Skandal. Sie ist durch diesen Rechtsanwalt Wuthenow als Autorin motiviert worden. Sie hat ihm und seiner Frau Diana viel zu verdanken. Der Wuthenow hat einen ausgezeichneten Ruf, er ist nicht nur ein ausgezeichneter Anwalt, sondern ein wirklich weiser alter Mensch. Sie hat ihn offensichtlich tödlich beleidigt, nein, mehr noch: verraten! Sie wissen schon: Worte können töten. Er hat ihre Demütigungen nicht verwinden können und sich nicht mehr zu helfen gewusst. Seine Handlung war eine symbolische Schutzwehr. Das ist meine persönliche Meinung dazu."
„Ja, Peter, so wird es sein. Es rächt sich eben alles im Leben. Aber wie erklären Sie sich das Verhalten von der Carlotta Kuhl, das zu dem Zerwürfnis führte?"
„Ressentiments, die sich bei ihr angestaut haben müssen. Eine andere Erklärung habe ich nicht."
„Peter, Sie gefallen mir! Ja, das dürfte es sein. Aber wir haben alle Ressentiments, oder?"
Peter errötete etwas. Ich bemerkte es schon. Er mochte in meinem Alter sein, Ende 30, hatte aber immer noch etwas Jungenhaftes. Eine blonde Mähne hing ihm über die eine Stirnseite und seine engelhaft, sanften blauen Augen gefielen mir sehr.

„Schon, aber wir müssen diese reflektieren und wir können sie beherrschen, wenn wir es wollen", bemerkte er nachdenklich. „Und nach Fehltritten sollte man Einsicht zeigen, besonders gegenüber Freunden, denen man zudem Dank schuldet."

Eigentlich seltsam, ich fasste intuitiv Vertrauen zu Peter. Vielleicht nur, weil wir Kollegen waren und er einen aufgeweckten Eindruck auf mich machte. Ich muss zugeben, dass er mein Interesse fesselte, umso mehr, als ich von ihm vernahm, dass er nebenher Psychologie studierte. Ich überreichte ihm kommentarlos meine Karte und registrierte natürlich, dass er sich darüber auch freute. Er händigte mir auch gleich seine Visitenkarte aus. Ich hoffte natürlich auch auf weiterführende Informationen. Ich nahm mir augenblicklich vor, Peter zu testen, d. h. ich wollte nur erst wissen, ob er mehr über diese Beziehung zwischen der Kuhl und dem Wuthenow wisse. Deshalb erwähnte ich, dass meine Mutter entfernt mit der Autorin und Dr. Wuthenow bekannt sei und dass meine Mutter mir vor meinem Einsatz überliefert hatte, dass Frau Kuhl einmal sinngemäß gesagt hätte: „Mit dem Woldemar und mir, das ist ein Zweikampf bis aufs Messer und nur einer kann als Sieger daraus hervorgehen."

„Ja, das ist allerdings merkwürdig, wirklich, denn von ihrem Bekanntenkreis hat sie eigentlich immer nur hören wollen, dass ihr Verhalten doch ganz harmlos sei und selbst hat sie das auch immer betont", antwortete Peter. „Ich kenne Carlotta Kuhl schon länger. Ich habe sie übrigens oft für die Zeitung interviewt. Sie ist ein Alphatier. Sie hat zweifellos den Wuthenow respektiert, wenn nicht gar bewundert. Aber dann muss sich irgendetwas gewandelt haben, nicht von heute auf morgen, aber im Laufe einer langen Entwicklung. Kennen Sie Ihre Werke?"

„Kaum, Peter", sagte ich. „Wollen wir Du zueinander sagen?"

„Natürlich, freut mich!", lachte er mich an, „das müssen wir aber noch begießen."

„Versprochen!", lachte ich zurück. „Meinst du, dass das hier heute noch zu Ende kommt?"

„Doch, ja, ich weiß, dass Detlef für seine Frau ein Beruhigungsmittel dabeihat. Tavor, früher hieß es, glaube ich, Valium. Es wirkt praktisch sofort. Und du, was meinst du, wird Dr. Wuthenow bzw. seine Nichte die Carlotta nach diesem Zusammenbruch schonen? Ich frage, weil ich gesehen habe, dass ihr offenbar gut miteinander bekannt seid."

„Das kann ich dir wirklich nicht sagen. Ich weiß es nicht. Ich habe Vermutungen, aber das ist spekulativ. Ich werde seine Motivationen von ihm sicher erfahren, aber erst, wenn dieser Prozess endgültig ausgestanden ist, vorher nicht."

„Verstehe. Mich beschäftigt natürlich, ob es bloße Rachsucht ist, was er angestoßen hat oder eben, wie ich schon sagte, Schutzwehr. Jedenfalls sieht es so aus, dass er ihr nicht verzeihen kann, Lina."

„Peter, da magst du richtig liegen. Aber du weißt schon, zum Verzeihen gehören zwei. Soweit ich es überhaupt beurteilen kann, hat die Carlotta nie irgendeine Einsicht gezeigt, all die Jahre bis heute nicht."

„Ja, Sturheit wahrscheinlich, das ist ein echtes Laster. Du, sieh mal, dort kommen sie. Es wird weitergehen. Wollen wir in den Saal gehen und nebeneinander sitzen?"

Das bejahte ich gern und wir gingen zusammen in den Saal. Nach und nach füllte sich der Saal und die Prozessbeteiligten nahmen auch wieder ihre Plätze ein. Seltsam, wenn mir Peter diesen Zwischenfall nicht geschildert hätte, ich hätte davon nichts mitbekommen. Frau Kuhl wirkte fast wie vor ihrer Vernehmung. Man sah ihr jedenfalls keinen Nervenzusammenbruch an.
Kurz darauf eröffnete Dr. Leonardi die Fortsetzung der Verhandlung.
„Fahren Sie bitte fort, Frau Rechtsanwältin."
Ich hatte damit gerechnet, dass Rechtsanwalt Dr. Grop sogleich sein Mandat angesichts der mir von Peter geschilderten Anwürfe seiner Mandantin niederlegen würde. Das war aber nicht der Fall. Später erläuterte mir Peter, dass Detlef Kuhl den Anwalt damit hat beschwichtigen können, dass bei seiner Frau erst kürzlich eine Tinnitus-Erkrankung festgestellt worden sei, die anfallsweise bei Belastungen auftrete. Auch habe sich Carlotta bei ihrem Anwalt entschuldigt.
„Frau Kuhl, ich möchte, dass Sie bitte meine folgenden Fragen nach Möglichkeit nur mit ‚ja' oder ‚nein' beantworten", hörte ich Frau Dr. von Schlegels einleitende Worte.
„Frau Kuhl, ist Ihnen bekannt, dass Ihr Verleger eines Ihrer ersten Werke, nämlich ‚Erzählungen in und um Göttingen' erst gar nicht hat veröffentlichen wollen, dass indessen die persönliche Vor- und Fürsprache der Frau Diana Wuthenow den Weg für die Veröffentlichung dieses Werkes ebneten und möglich machten?"
„Ja, es ist mir später bekannt geworden."
„Haben Ihnen die Eheleute Wuthnow entscheidend bei der Verfassung der Texte dieser Erzählungen geholfen?"

„Ja."

„Am Ende dieses Buches findet sich Ihre ausdrückliche, lange Danksagung bzw. Widmung. Diese lautet wie folgt u. a. ‚... das werde ich euch nie vergessen.' Offensichtlich haben Sie dieses aber recht schnell aus nichtigem Anlass vergessen. Sie brauchen hierauf nicht zu antworten. Meine nächste Frage lautet: Eines Ihrer erfolgreichsten Kindermärchen wurde das Werk unter dem Titel ‚Unser neuer Nachbar, Herr Plingell'. Ist es richtig, dass Sie durch den hier anwesenden Dr. Wuthenow zu diesem Werk inspiriert wurden?"

„Ja, unter anderem."

„Ist es richtig, dass der Hauptprotagonist, ein älterer Herr, nämlich ein Rechtsanwalt in Pension, meinem Mandanten nachgebildet worden ist?"

„Ja."

„Ist es richtig, dass Sie Ihrem Wunsche gemäß zu Lesungen häufig von Herrn Dr. Wuthenow begleitet wurden und Sie ihn den Kindern als den neuen Nachbarn Plingell vorstellten?"

Hier schaltete sich Dr. Grop ein und protestierte gegen diese Befragungen. Das habe mit dem Strafvorwurf nichts zu tun. Aber Richter Leonardi winkte nur ab in dessen Richtung.

„Ja", antwortete die Zeugin wieder.

„Ist es weiter richtig, dass Sie durch dieses Projekt mit der berühmten Illustratorin Fiorella Moonhart bekannt wurden und mit dieser zusammenarbeiteten und indirekt Herr Dr. Wuthenow, freilich ohne sein Zutun, diese Freundschaft gestiftet hat, und Frau Moonhart bis heute zu ihrer besten Freundin wurde?"

„Ja."
„Ist es richtig, dass Herr Dr. Wuthenow einige Ihrer Werke mit erlesenen Rezensionen ausgezeichnet hat?"
„Ja."
„Ist es richtig, dass Herr Dr. Wuthenow zu festlichen Ereignissen häufig mit Ihrer Tochter Sketches oder gemeinsam mit ihr Gedichte eingeübt und vorgetragen hat, was Ihrer Tochter viel Freude bereitete und am meisten ihre Eltern davon entzückt waren und Sie und ihr Mann eingeschlossen?"
„Ja", begann die Zeugin nun wieder zu schluchzen.
„Gut", sagte nun die Anwältin. „Ich könnte diese Art von Fragen noch lange fortführen. Ich verzichte jetzt darauf. Ich kehre zurück zu dem 15. Geburtstag Ihrer Tochter Petra. Nach Ihrer bereits vorgespielten Audio-Nachricht an Dr. Wuthenow hat dieser die Teilnahme an der Geburtstagsfeier sofort per SMS abgesagt. Wie kann es nun sein, dass Sie darin keinen Protest erkannten, jedenfalls darauf an diesem Tage nicht mehr reagierten?"
„Ich weiß es doch nicht, ich weiß nicht mehr, was mit mir los war", fing die Zeugin wieder an zu weinen.
„Hat Dr. Wuthenow Ihnen oder einem Familienmitglied irgendetwas Böses angetan? Etwa 2 Wochen vorher hat er Sie, Ihren Ehemann und Ihre Tochter noch zu seinem 75. Geburtstag zum Diner in ein rustikales, renommiertes Restaurant eingeladen, nur sie drei, keine weiteren Gäste. Ist das richtig?"
„Ja. Und nein, er hat mir nichts bzw. uns nichts angetan."
„Sie haben dann eine Nacht nach dem Geburtstag Ihrer Tochter über diese Sache geschlafen. Am nächsten Vormittag haben Sie der Ehefrau meines Mandanten, die mit

der Sache gar nichts zu tun hatte, eine Audio-Nachricht übermittelt. Ich spiele Ihnen diese im vermutlichen Einverständnis des Gerichts vor."
Der Richter nickte nur.
Ich muss sagen, bei mir kam inzwischen ein wenig Mitleid mit Carlotta Kuhl auf. Frau Dr. Freya von Schlegel demontierte die Zeugin und Dr. Wuthenow wollte es offenbar genau so. War das nicht doch seine Rache heute? War das heute sein Tag der Abrechnung nach fast sechs Jahren des Zerwürfnisses? Die Heimzahlung für eine Demütigung durch Carlotta, die ihn bis zum heutigen Tage verwundete. Denn es gibt Wunden, die niemals verheilen. Das wusste ich. Es stimmt nicht, was der Volksmund sagt, von wegen die Zeit heile alle Wunden. Und zum ersten Male kam in mir die noch vage Befürchtung auf, dass Dr. Wuthenow dieses skurrile Theater von Anfang an genauso angestrebt hatte. Dass er nie Ruhe gefunden hatte und auch diesen Strafprozess ohne Rücksicht auf sich selbst gerade gewollt hatte, um Carlotta Kuhl Hochnäsigkeit nachzuweisen und ihre Heucheleien zu demaskieren und sie als Schriftstellerin zu beschädigen, egal, wie streng er selbst für seine Körperverletzung bestraft werden würde. Dass er alles aber auch genauestens geprüft hatte, wie er vorgehen müsste, ohne dass man ihm eine gefährliche Körperverletzung würde nachweisen können oder selbst wenn, dieses in Kauf nähme.
Was alle dann zu hören bekamen, war allerdings eine Tirade. Es waren nicht die verletzenden Worte allein, vielmehr zudem die wütende und verhöhnende Tonalität, die diesen alten, vornehmen Herrn fassungslos gemacht haben dürften. Ich konnte es nach allem, was ich gehört

hatte und von meiner Mutter her wusste, auch nicht fassen, wie plötzlich objektiv grundlos so viel Undankbarkeit und Verachtung, Beleidigungen und Verleumdungen und entsetzliche Diskriminierungen von dieser Frau über Woldemar Wuthenow und seine Ehefrau ausgegossen werden konnten.

Die Zuschauer grummelten wieder. Man hörte auch aus ihrer Mitte ein Gemurmel. Ein Ehepaar ging hinaus. Es könnten die Eltern von Carlotta sein, dachte ich. Mit denen soll Woldemar sich geradezu herzlich verstanden haben. Sie waren aber alle passiv verblieben. Carlotta hatte offenbar alle dominiert bis auf ihre jüngere Schwester. Nur diese und ihr Mann hatten nach dem Zwist noch einen Kontakt zu Woldemar Wuthenow fortgesetzt.

Wie furchtbar mussten diese Worte auch für die Angehörigen klingen? Auch Detlef Kuhl dürfte dieses Gekreische seiner Frau so zum ersten Mal gehört haben. Ich wollte mich nicht nach ihm umdrehen. Ich schaute Peter an. Er war sichtlich so betroffen wie ich.

Die Verteidigerin ließ eine künstliche Pause entstehen. Sie verstand ihr Handwerk. Sie verzichtete an dieser Stelle auf Vorhaltungen, weil sie wusste, dass sie den Eindruck des Gehörten eher verwischen könnte. Auch das gehörte zu der Brillanz dieser Verteidigerin. Denn dieses Audio war nichts anderes als eine bewusste oder auch unbewusste hysterische Selbstinszenierung der Carlotta Kuhl und nichts anderes. Es war krankhaft und böse – toxisch.

„Ich habe jetzt nur noch eine letzte Frage an Sie, Frau Kuhl: Bitte antworten Sie nicht gleich. Bedenken Sie, es kann sein, dass wir dazu doch noch Ihre Tochter als Zeugin hören müssen. Meine Frage lautet: Haben Sie Einfluss auf Ihre Tochter genommen, dass diese auf Schreiben von Herrn Dr. Wuthenow nicht mehr antworten und auch keinen Kontakt mehr mit ihm haben solle? Das nämlich ist es, was meinen Mandanten am meisten schmerzte, denn Ihre Tochter kannte er von klein an. Sie war für ihn wie ein Enkelkind, das er stets fördern wollte."

„Ich habe natürlich mit meiner Tochter über das Foto gesprochen", schluchzte die Zeugin kaum vernehmbar. „Ich fand das Foto unanständig. Ja, ich habe auf meine Tochter entsprechenden Einfluss geübt."

„Damit ist meine Vernehmung der Zeugin beendet, Herr Vorsitzender. Nicht das Foto ist unanständig, sondern das Auge der Betrachterin. Die Nebenklägerin hat das Foto selbst geschossen. Zu dem Zeitpunkt sah sie es als ein interessantes Sportfoto. Es ist offensichtlich, dass sie nach wenigen Monaten ihre Einstellung zu dem Foto geändert hat. Ich möchte nun nur noch einen ärztlichen Bericht der Frau Dr. Eva Fürstenau verlesen, Psychoanalytikerin und Psychotherapeutin, was ich hiermit beantrage. Mein Mandant hat nämlich bald nach dem Bruch dieser Freundschaft jahrelang eine Psychotherapie in Anspruch nehmen müssen. Er hat eine Traumatisierung davongetragen."

Dr. Leonardi nickte nur.

In dem mittellangen Bericht tauchten viele Fremdwörter auf. Ich behielt nur Schlagwörter im Sinn: anhaltende exogene Traumatisierung, Transzendenzverrat, fressende Sinnkrise …

Die Anwältin überreichte dem Richter das Dokument. Die ganze Zeit hatte sie das Verhör stehend absolviert. Sie setzte sich nun neben ihren Großonkel, der still ihre

Hand drückte, was sicher neben seinem Dank bedeutete: Ich hätte es nicht besser machen können.
Rechtsanwalt Dr. Grop tuschelte mit seiner Mandantin. Dann erhob er sich und erklärte: „Meine Mandantin hat später ihre Vorwürfe schriftlich zurückgenommen und sich auch schriftlich entschuldigt!"
„Ja, ja", antwortete die Verteidigerin, jedoch erst nach anwaltlicher juristischer Abmahnung unter Klageandrohung und Ihre Selbstentschuldigung war nichts weiter als ein Lippenbekenntnis, was unschwer aus ihrem weiteren Verhalten sich herleitet. Pure Heuchelei, Herr Kollege! Was die Sache mithin nur noch schlimmer machte. Die Verhöhnung und Verspottung eines alten, angesehenen Mannes, dem man vielfältigen Dank schuldete!"
Da meldete sich die Staatsanwältin mit der Bitte ums Wort: „Ich möchte von Ihnen, Frau Kuhl, noch gern wissen: Warum haben Sie am nächsten Tag der Ehefrau des Angeklagten eine Sprachnachricht gesendet und nicht einfach angerufen zwecks Klärung?"
„Oh, das kann ich heute nicht mehr sagen!"
„Nun, das war ja unter ihnen ganz unüblich, oder?"
„Ja, schon."
„Dann liegt es nahe, dass Sie keine Versöhnung anstrebten, sondern nur Ihren Frust loswerden wollten, der offensichtlich darin bestand, dass der Angeklagte gegen Ihre Beleidigungen und Diskriminierungen durch Absage protestiert hatte. Sie wollten gar keine Klärung!", erklärte die Staatsanwältin. „Stattdessen haben Sie neue Beleidigungen von sich gegeben und üble Nachrede geübt! Wie soll man das unter befreundeten Menschen begreifen,

denen Sie doch, wie unbestritten ist, einiges zu danken hatten, oder?"
Die Nebenklägerin antwortete darauf nicht. Wieder war ein Raunen im Saal zu vernehmen.
Richter Dr. Leonardi kratzte sich hinter dem Ohr. Schließlich sagte er: „Wie wäre es denn, wenn Sie sich heute hier die Hand reichen würden? Wäre das nicht für alle Beteiligten, wenn man mal in die Zukunft sieht, ein Zeichen, ein Wegweiser heraus aus einer Verirrung, in die man, ohne es eigentlich zu wollen, hineingeschlittert ist? Hat nicht jeder mal Unrecht getan, hat nicht jeder eine zweite Chance verdient? Man könnte das Strafverfahren gegen Zahlung einer Geldbuße für eine gemeinnützige Vereinigung einstellen. Was meinen Sie alle dazu?"
Im Saal herrschte Schweigen.
„Frau Verteidigerin, das würde doch für Ihren Mandanten weitreichende Bedeutung haben können, oder etwa nicht? Und für Sie, Frau Kuhl, von diesen belastenden Verhandlungen sollte doch auch am besten nichts zurückbleiben. Ihr Anwalt, Dr. Grop, wird Ihnen sicher erklären, dass das Gericht in einem Urteil alle Umstände und Motivationen aufnehmen müsste. Möchten Sie eine Beratungspause? Und was meinen Sie, Frau Staatsanwältin?", wandte sich der Richter nun auch ihr zu.
Nach diesem Vermittlungsversuch des Richters beobachtete ich Dr. Wuthenow und seine Verteidigerin. Mir fiel sofort auf, dass die Anwältin gar keine Beratung mit ihrem Großonkel abhielt. Sie sagte schlicht nichts.
Peter und ich guckten uns erstaunt an. Doch dann dämmerte es mir plötzlich, wieder wurde mir die Intension klar. Dr. Wuthenow hatte es von Anfang an offenbar auf

ein Urteil abgesehen. Er wollte ein Urteil, seine Bestrafung war ihm gleichgültig. Er wollte, dass das Urteil schriftlich in die Welt kommt und damit eben auch in die Biographie von Carlotta Kuhl. Er hatte es von Anfang an so geplant. Er wollte nicht verzeihen oder besser, er hätte verziehen, wenn Carlotta irgendwann einmal wirkliche tätige Reue gezeigt hätte. Aber das war über alle die Jahre ausgeblieben. Und gleichzeitig war es wohl die für ihn notwendige Art der Bewältigung seiner persönlichen Krise. Wenn es so liegen sollte, wer dürfte ihm Vorwürfe machen?

Die Anwältin Dr. Wuthenows fügte dann doch noch eine Erklärung an: „Hohes Gericht, mein Mandant und auch ich verkennen die Friedensstiftung des Gerichts keinesfalls. Wir achten die Bemühungen des Gerichts hoch. Indessen ist es die Justizraison selbst, die eine Bestrafung fordert, und zwar schlicht deshalb, weil der Angeklagte als Rechtsanwalt Organ der Rechtspflege ist. Die Staatsanwaltschaft kann das öffentliche Interesse an der Strafverfolgung gar nicht aufgeben und wird es nicht. Die Bevölkerung würde es zu Recht missdeuten. Das ist der objektive Grund unserer Entscheidung."

Peter und ich sahen uns wieder an. Wir wussten, dass die Anwältin recht hatte. Wir ahnten aber auch, dass sie die subjektive Motivation ihres Mandanten verschwieg. Ich erinnerte sinngemäß seine Worte bei unserem ersten Gespräch: Wenn eine bestimmte Linie überschritten sei, gäbe es keine Rückkehr. Damit hatte er angedeutet, dass nicht alles verziehen werden sollte. Ich nahm mir vor, darüber mit Peter Gespräche zu führen.

Die Staatsanwältin eröffnete nun ihre Position:

„Es ist in der Tat so, dass die Staatsanwaltschaft in diesem Falle, wenngleich es sich nur um eine einfache Körperverletzung handeln dürfte, das öffentliche Interesse an der Strafverfolgung bejahen muss."

Dr. Leonardi war viel zu professionell, als dass er sich eine Enttäuschung ansehen ließ. Die Entscheidung der Staatsanwaltschaft hat er sich sicher denken können.
Ich legte mir die Frage vor, was die Verteidigerin wohl ausgeführt hätte, falls die Staatsanwältin wider Erwarten ihr Einverständnis mit einer Einstellung des Verfahrens erklärt hätte. Wahrscheinlich hätte sich der Wortwechsel in etwa wie folgt abgespielt. So schilderte ich später auch Peter meine Gedanken:

Die Verteidigerin:
„Nein, wir möchten keine Einstellung des Verfahrens."

Der Richter:
„Frau Rechtsanwältin, Sie wollen doch nicht etwa auf Freispruch plädieren?"

Die Verteidigerin:
„Fiat Justitia, Herr Richter. Mein Mandant und ich sehen das Gericht auch als eine moralische Anstalt."

Der Richter:
„Sie meinen, die Nebenklägerin hätte, um eine historische Metapher zu gebrauchen, erst nach Canossa gehen müssen?"

Die Verteidigerin:
„Richtig, wie vor knapp 1000 Jahren Heinrich der IV. Mein Mandant wäre ihr sehr entgegengekommen. Als die Parteien sich einmal zufällig in der Stadt trafen, etwa 6 Monate nach dem Zerwürfnis, hat er ihr als Treffpunkt die Canossasäule in Bad Harzburg vorgeschlagen!"

Der Richter:
„Da steht aber laut Bismarcks Anordnung das Gegenteil drauf, nämlich: ‚Nach Canossa gehen wir nicht.'"

Die Verteidigerin:
„Richtig, aber die Tochter der Nebenklägerin, Petra, war dort und hat das ‚nicht' übermalt und es heißt jetzt: ‚Nach Canossa gehen wir doch!'"

Ich wurde wieder in die Wirklichkeit zurückgerufen, als ich die Anordnung des Richters hörte: „Ich bitte um Ihre Schlussvorträge."

Die Staatsanwältin erhob sich. Ihre Rede war kurz. Sie überging nicht, was offenbar geworden war. Sie berücksichtigte die schweren psychischen Verletzungen des Angeklagten durch die Nebenklägerin und dessen Folgen strafmildernd und beantragte eine Verurteilung des Angeklagten wegen leichter Körperverletzung zu einer Geldstrafe von 30 Tagessätzen à 200 €.

Der Nebenklägerinvertreter beantragte eine Verurteilung wegen gefährlicher Körperverletzung und eine Freiheitsstrafe von einem Jahr.
Das Plädoyer der Verteidigerin war ebenfalls kurz. Die Anwältin sagte, dass sie sich der rechtlichen Würdigung der Staatsanwältin anschließe. Sie verwies auf die Ergebnisse ihrer Vernehmung der Zeugin, die eigentlich keines weiteren Kommentars bedürften. Jeder im Saal habe die sehr traurige menschliche Niedertracht der Nebenklägerin gewissermaßen miterleben können, ihre Verletzung der Menschenwürde und ihre Undankbarkeiten und das alles aus nichtigem Anlass. Nie habe sie wirkliche Einsicht, geschweige denn tätige Reue gezeigt oder eine Versöhnung versucht. Die Körperverletzung des Angeklagten sei eine nachvollziehbare Affekthandlung gewesen und gemäß der höchstrichterlichen Rechtsprechung keineswegs ein hinterlistiger Überfall gewesen. Die Strafe werde in das Ermessen des Gerichts gestellt.
Dann fügte sie die Nebenklägerin anguckend noch hinzu: „Eine Frage möchte ich noch in den Raum stellen und der Nebenklägerin mit auf ihren Weg geben: Wie kann es eigentlich sein, Frau Carlotta Kuhl, dass Sie den Kindern in Ihren Werken eine wunderbare und zauberhafte Welt zeigen und die Kinder damit nachhaltig erfreuen und in wunderschöne Träume versetzen, während Sie privat Undankbarkeit und Niedertracht zeigen und die Menschenwürde mit ihren Füßen treten, kurz: niederste Charakterlosigkeit leben?"
Damit setzte sich die Anwältin. Erst nach einer Weile absoluter Ruhe wandte sich der Richter an den Angeklagten:

„Nun, Herr Dr. Wuthenow, möchten Sie noch etwas dazu sagen?"
Ich wusste, dass es von Woldemar Wuthenow keine Entschuldigung geben würde. Und so war es auch.
Er sagte: „Es gab eine hochberühmte deutschsprachige Lyrikerin namens Ingeborg Bachmann, vielleicht die berühmteste in Europa. Sie stammte aus Klagenfurt, Österreich. Sie hat nur einen Roman geschrieben. Dieser heißt ‚Malina'. Am Ende des Romans lautet es: ‚Es war Mord.'"
Dr. Leonardi räusperte sich. „Kommt mir tatsächlich irgendwie bekannt vor." Dann zog er sich zur Beratung zurück mit dem Bemerken: „Die Verkündung des Urteils erfolgt in 15 Minuten."
Dr. Wuthenow wurde wegen leichter Körperverletzung zu einer Geldstrafe von 30 Tagessätzen à 200 € verurteilt. Die Kosten des Verfahrens wurden ihm auferlegt. Die Kosten der Nebenklage jedoch nur zur Hälfte.
Die mündliche Begründung des Urteils war ebenfalls kurz. Der Richter befasste sich mehrheitlich mit dem Verhalten von Carlotta Kuhl, das er als niederträchtig und für den Angeklagten als folgenschwer bezeichnete und als Milderungsgründe zugunsten des Angeklagten wertete.
Das schriftliche Urteil würde folgen.
Bis auf die Nebenklage verzichteten die Beteiligten auf ein Rechtsmittel gegen das Urteil.
Carlotta Kuhl verließ wutentbrannt den Gerichtssaal. Alle Zuschauer, auch ihre zahlreichen Anhänger, verhielten sich ruhig.
Ich war doch recht benommen nach allem, was ich erlebt hatte. Peter bemerkte es. Er forderte mich auf, zu Dr.

Wuthenow zu gehen und sagte: „Man muss ihn auch verstehen, Lina. Und dann kable alles schnellstmöglich nach Hamburg. Und, Lina, wann sehen wir uns wieder?"
„Danke, Peter, du hast recht. Ich rufe dich heute noch an."
Er legte wortlos seine beiden Hände zum Abschied über meine rechte und es tat mir gut. Wir blickten uns lange stumm an.
Dann eilte ich zu Dr. Wuthenow und seiner Großnichte und ich konnte nicht umhin, zu gratulieren. Sie waren beide still, warfen mir aber dankbare Blicke zu.

10

Das schriftliche Urteil

Carlotta Kuhl wechselte den Anwalt und ließ durch einen Strafrechtsprofessor der juristischen Fakultät der Universität Göttingen zunächst fristwahrend gegen das Strafurteil des Amtsgerichts Berufung zum Landgericht Göttingen einlegen. Sie beauftragte den Professor mit der Prüfung der Aussichten des Rechtsmittels. Sie empfand das Urteil als wesentlich zu milde, ja, als empörend. Sie geriet vollends in Wut, als ihr das vollständige Urteil in schriftlicher Form zugestellt wurde. Denn da las sie nun im Tatbestand des Urteils alles, was sie selbst als Zeugin erklärt hatte, und in der Begründung des Strafmaßes musste sie lesen:

„... Strafmildernd hat das Gericht im Einklang mit dem Antrag der Staatsanwaltschaft das vorausgegangene Verhalten der Nebenklägerin berücksichtigen müssen. Hiernach steht fest, dass die Vorwürfe der Nebenklägerin gegenüber dem Angeklagten in Gestalt der beiden Audio-Nachrichten vom ... und dem folgenden Tag vorsätzliche Beleidigungen, Diskriminierungen wegen seines Alters, üble Nachrede und böse Verleumdungen enthielten ..."

Vor Carlottas Augen verschwammen die Sätze und die Wörter; es drehten sich die Worte wie in einem Karussell:

Bruchstücke des Urteils schälten sich nur schleppend aus dem Nebel ihres Verstandes. Es war von einem begründeten Protest des Angeklagten die Rede, den sie ignoriert und stattdessen neue abstruse Vorwürfe wider besseres Wissen erhoben hätte – alles wirkte auf sie entfernt und echohaft, als würde sie durch einen Tunnel hören. Irgendwo tief in ihr fühlte sie das Gewicht der Worte von einer Psychotherapeutin, die seltsame Dinge sagte, und all diese unverständlichen Aussagen schwirrten um sie, ohne dass sie sie wirklich fassen konnte.
Nur noch fragmentarisch nahm sie einzelne Begriffe wahr:

Unbegründete Vorwürfe ... Traumatisierung ... Transzendenzverrat ... Undankbarkeit ... fressende Sinnkrise ... Verhöhnung ... Lippenbekenntnis.

Sie legte das Urteil zur Seite, warf sich auf die Couch und heulte und verfluchte Woldemar Wuthenow: Das hat dieser Teufel doch alles geplant. Nach kurzer Zeit fiel sie in einen unruhigen Schlaf, in dem sie von wilden Träumen gemartert wurde.

***

„Das darf doch nicht wahr sein, Deddy! Das Urteil ist gekommen. Als ob ich die Täterin sei und nicht das Opfer!", schrieb sie an ihren Mann. Aber Deddy befand sich mitten in einer wichtigen Konferenz. Es gab viel zu tun in seiner Behörde und seit der neue Verteidigungsminister Regie führte, wackelten auch in der Dependance des Bundeswehrbeschaffungsamtes in Kassel einige Stühle. Deddy konnte ihr jetzt nicht helfen. Sie erreichte immerhin Gottlieb am Telefon. Der war wie immer lieb,

aber ihre Enttäuschung und Wut konnte er auch nicht wirklich lindern. Sollte sie Petra anrufen?
Petra war nach dem Prozess ausgezogen und wohnte seitdem mit ihrem Freund zusammen in Göttingen in einer WG. Ausgerechnet mit einem Ausländer! Wie sich alles so schnell hatte ändern können? Tief bedauerte Carlotta diese Entwicklung, die sie als eine gegen sich gewandte Ironie des Schicksals erlebte. Sie hatte das nicht gewollt. Es gab qualvolle Auseinandersetzungen mit ihrer Tochter, doch Petra hatte sich nicht umstimmen lassen. Wenn man die Zeit wie einen Film doch zurückdrehen könnte!
Carlotta hatte sich an die Stille im Haus bis heute nicht gewöhnen können. Gewiss, ihre Tochter würde sofort kommen, wenn sie sie riefe und ihr zur Seite stehen. Aber sie könnte ihr ja auch nicht helfen. Und war Petra nicht die Einzige, die Skepsis gezeigt hatte, als es um die Frage ging, gegen Woldemar Strafantrag zu stellen? „Fair is foul, and foul is fair", hatte sie gesagt. Es sei aus „Macbeth" von Shakespeare. Was sollte diese Vertauschung? Eine Warnung, eine Ahnung? Warum hatte sie das übergangen und nicht ernsthaft mit Detlef darüber gesprochen?
Sie ließ sich mit dem Sekretariat ihres Strafrechtsprofessors verbinden. Ihr wurde mitgeteilt, dass die Strafrechtsakte bereits angefordert sei und der Professor sich melden würde, sobald die Akte vorliege.

***

Wat den eenen sin Uhl, is den annern sin Nachtigall! Also jeder sieht die Sache in seiner Sicht und jeder aus seiner eigenen Perspektive. So könnte man den Unterschied in der Betrachtung des schriftlichen Urteils zwischen Carlotta Kuhl und Woldemar Wuthenow treffend umschreiben. Dr. Wuthenow las das Urteil etwa zur gleichen Zeit. Freilich überflog er den Tatbestand und die Passagen, die ihn selbst angingen, nur flüchtig. Ihn interessierten nur die Ausführungen Carlotta betreffend, die er voller Genugtuung studierte. Ja, er las diese mehrmals. Es entging ihm nicht, dass Richter Leonardi hier einen besonderen Schwerpunkt gesetzt hatte. Je mehr er darüber sinnierte, umso mehr verwunderte es ihn. Diese Gründlichkeit war doch sonst nicht Dr. Leonardis Stil. Und das konnte doch nur bedeuten …? Er führte den zunächst noch vagen Gedanken absichtsvoll nicht zu Ende. Aber es gelang ihm nicht. Da war gerade eine Idee in ihm geboren. Wie sollte er diese aus der Welt schaffen? Man konnte nur versuchen, sie zu unterdrücken, so gut es eben ging. Als Profi half ihm natürlich der Umstand, dass das Urteil noch nicht rechtskräftig war. Es konnte noch abgeändert werden. Also, besser die Füße unter dem Tisch halten, sagte er sich.

Wie vereinbart scannte er sogleich das Urteil und übersandte es an Lina Sommer zur Kenntnis mit „vielen lieben Grüßen und auf bald! Ihr Woldemar Wuthenow".

Eine weitere Abschrift erhielt seine Psychotherapeutin, denn das war ihr schließlich auch versprochen worden.

Der Ausgang des Disziplinarverfahrens bei der Anwaltskammer, das nun eigentlich erst beginnen und monatelang anhalten würde, bekümmerte ihn nicht weiter. Nun musste er nur noch Diana das Urteil schonend nahebringen.

II

Lina in Hamburg

Meine Gerichtsreportagen über das Göttinger Urteil fanden viel Anklang. Unsere Illustrierte erhielt viele positive Leserbriefe. Micha war voll des Lobes zu mir. Beruflich und persönlich geht es mir wunderbar. Und am Wochenende wird Peter mich besuchen kommen. Ich bin ganz aufgeregt, denn – ich habe mich in Göttingen in Peter verliebt. Der Abend mit ihm in Göttingen war zauberhaft. Ich schwebe. Wir verstanden uns so gut. Nun schreiben wir uns ständig liebevolle Nachrichten. Peter macht mir poesievolle Komplimente und das allergrößte ist, dass er mir eröffnete, er könne und wolle ohne mich nicht mehr sein. Oh, das ist ja bereits ein Verlobungsantrag! Er würde sich gern auch beruflich nach Hamburg verändern, wenn er als Journalist hier unterkommen könnte. Also beschloss ich als erstes, meinen Chef Micha zu vergattern, ob er eine Chance für Peter in unserer Zeitschrift eröffnen könnte. Das ist aber nicht unsere einzige Option. Hamburg ist als Zeitungsstadt bekannt und für erfahrene Journalisten wie Peter, der ausgezeichnete Referenzen vorweisen kann, sollte ein beruflicher Wechsel möglich werden.
Morgen, am Freitagnachmittag, werde ich Peter am Hauptbahnhof abholen. Ich habe längst mit meinen Planungen begonnen, was wir alles unternehmen könnten,

und Peter hat mir auch schon seine Vorstellungen übermittelt. Das Allerschönste ist indessen, dass wir zusammen sein werden. Peter wird bei mir sein, Tag und Nacht. Ich bin die glücklichste Frau der Welt!
Nun erhielt ich heute von Woldemar das komplette schriftliche Strafurteil. Woldemar Wuthenow ist ja mein Glücksbringer, denn ohne ihn hätte ich niemals mit Peter zusammen gefunden. Mir ist das sehr bewusst. Und ich bin sehr froh, mit ihm bekannt zu sein. Ich glaube sicher, in ihm habe ich einen weisen Ratgeber und Freund gewonnen, vielleicht gar so etwas wie einen Vaterersatz. Ich habe ihn natürlich von meiner Verbindung zu Peter informiert. Er war ehrlich erfreut und gab seiner Hoffnung Ausdruck, dass wir beide ihn und seine Frau bald besuchen kommen würden. Das habe ich ihm gern versprochen.
Da das Urteil noch nicht rechtskräftig ist, verstehe ich durchaus seinen kommentarlosen kurzen Gruß. Ich mache mich nun daran, das Urteil zu studieren.
Oha, das Urteil enthält einige kräftige Ohrfeigen gegenüber Carlotta Kuhl. Ich möchte nicht in ihrer Haut stecken. Es ist mir ein Rätsel, wie sich ein Mensch so schäbig verhalten konnte. Die andere immer wieder kehrende Frage ist für mich, ob Woldemar bei seinem Übergriff gerade diese Folge beabsichtigt haben könnte? Aber dazu werde ich Woldemar nicht befragen können, jedenfalls jetzt nicht und vielleicht sollte ich ihn überhaupt nicht dazu befragen. Ich will mich dazu auch erst einmal mit Peter beraten. Ich nehme an, dass nur zwei Personen eine Antwort auf meine Frage wissen: Dies sind Woldemars Ehefrau Diana und seine Therapeutin Frau Dr. Eva Fürstenau. Beide

werden mir keine Auskünfte dazu erteilen bzw. auch gar nicht dürfen. Das ist mir ja klar. Ich nehme mir vor, die Meinung meiner Mutter einzuholen. Im Übrigen schwebt mir vor, mich mit dem Phänomen der Traumatisierung vertraut zu machen. Darin könnte die Antwort sich verbergen, sinniere ich. Dann bräuchte und sollte ich besser gar nicht Woldemar mit meiner Frage in eine peinsame Verlegenheit bringen.

12

Gespräch mit Diana

Woldemar konnte seine Frau Diana mit dem schriftlichen Urteil weit besser beruhigen, als er es angenommen hatte. Diana bemerkte nämlich auch sogleich, dass sich der Richter sehr intensiv mit Carlottas gemeinen Verhalten auseinandergesetzt hatte. Diana zeigte unverhohlen ihre Befriedigung:

„Endlich hat ihr nun amtlich und ganz offiziell sogar ein Gericht ihren miesen Charakter attestiert. Da steht es nun schwarz auf weiß in ihrer Biographie. Und ein jeder kann es lesen! Woldemar, du bist auf einen verständnisvollen und gerechten Richter getroffen!"

„Nicht wahr, Diana? So ist es dir auch gleich aufgefallen. Ja, es kommt mir so vor, als hätte sich Dr. Leonardi ganz in mich hineinversetzt."
„Seine Sympathie für dich scheint durch viele Zeilen."
„Es beruht auf Gegenseitigkeit. Du erinnerst dich an den Kuh-Fall vor mehr als 20 Jahren?"[15]
„Natürlich. Sag, wusstest du, dass Dr. Leonardi für deinen Straffall zuständig sein würde?"
„Ich kannte den Dezernatsplan."
„Woldemar, so hast du doch präzise alles geplant?"

„Ich kann es dir tatsächlich nicht beantworten. Es ereignete sich gleichsam wie von selbst. Weißt du, ich steckte in einer Art Psychofalle. So erkläre ich es mir. Ich bin sicher, dass ich nicht auf Rache aus war. Meine Seele suchte gewissermaßen eine Art Ausweg. Versuche, dir die Seele als eine eigene selbstständige und unabhängige individuelle Entität vorzustellen, also philosophisch gemeint. Diese hätte dann meinen Körper gewissermaßen als ein Werkzeug benutzt. Natürlich berührt es die Frage, wie frei sind wir eigentlich?"
„Hm, interessante These. Die modernen neurologischen Forschungen geben nur eingeschränkte Antworten. Aber die Verteidigung durch deine Großnichte war von Anfang an in deinem Kalkül?"
„Ja, das natürlich! Ich hätte Carlotta niemals selbst so unbefangen diese vielen Fragen stellen und zugleich das Verständnis des Gerichts gewinnen können."
„Da hast du recht. Eva hat übrigens vorhin angerufen und um deinen Besuch gebeten."
„Ich werde ihr natürlich alles sagen, was sie wissen muss."
„Du kannst ihr voll vertrauen, Woldemar."
„Das weiß ich doch, Liebes."

13
Carlotta nach dem Urteil

Seit Carlotta das Strafurteil in Händen hielt, war in ihrem Leben nichts mehr wie vorher. Sie verlor zusehends ihre Selbstsicherheit und wurde ruhelos. Sie konnte sich nicht mehr so gut konzentrieren und verzeichnete Schreibblockaden. Solche waren ihr als Autorin nicht unbekannt, sie kamen und gingen auch wieder, und sie vermochte, sich damit zu beruhigen. Aber es trat etwas hinzu, das ihr von Tag zu Tag mehr zu schaffen machte: Es dämmerte ihr, dass sich etwas in ihrem Leben grundlegend verändert hatte und sie selbst daran gehörigen Anteil trug. Sie verlor ihren gesunden Schlaf. Mehrmals wachte sie nachts auf und dann war es schwer, wieder zurück in den Schlaf zu finden. Sie griff zu Schlafmitteln und wachte morgens gerädert auf. Sie begann wieder zu rauchen. Und von Tag zu Tag verfolgte sie ihre Wut auf Wuthenow. Sie verfluchte ihn. Doch je mehr sie ihn mit ihrem Hass bedachte, umso weniger kam sie zu sich selbst. Sie spürte, wie der Hass an ihrer Seele nagte und sich gegen sie selbst wendete.
Vor kurzem hatte sich der Strafrechtsprofessor gemeldet und ihr erklärt, dass eine Berufung gegen das Urteil des Amtsgerichts völlig aussichtslos sei. Wuthenows Übergriff sei kein hinterhältiger Angriff gewesen und schon

gar nicht ließe sich ein solcher Vorwurf nachweisen. Sie würde sich bei Durchführung des Rechtsmittels nur weitere Kosten zufügen und sich einem erneuten Kreuzverhör mit sicherem negativem Ausgang stellen müssen. Die Nachricht hatte sie weitergehend niedergeschmettert. Sie bat um Bedenkzeit.
Detlef, Petra und sie hatten sich dann beraten. Apathisch hatte sie darin eingewilligt, dass die Berufung zurückgenommen wird. Das amtsgerichtliche Urteil war mit Rücknahme ihres Rechtsmittels nun rechtskräftig geworden. Dass Wuthenow noch mit einem Disziplinarverfahren und berufsrechtlicher Ahndung zu rechnen hatte, verbesserte ihre Stimmung auch nicht. Es würde sicherlich nur einen Verweis geben und eine Geldbuße. Das wäre dem Wuthenow gleichgültig, war sich Carlotta sicher. Sie kannte ihn. Er war keineswegs wohlhabend, aber geldliche Einbußen scherten ihn nicht. Er und Diana lebten nie auf hohem Fuße. Vor Jahren hatte Wuthenow seine BMW-Limousine abgegeben und seitdem fuhr die Familie nur noch einen Kleinwagen oder nutzte ein Rad, Wuthenow immer noch sein Rennrad.

14

Lina und Peter in Hamburg

Natürlich stand ich unter dem Einfluss unterschiedlichster Gefühlswallungen, als ich dich am Hauptbahnhof abholte. Ich schwebte die Treppen im Bahnhof hoch und runter, bis ich den richtigen Bahnsteig fand, an dem du ankommen würdest. Ich begrüßte dich, indem ich dir schüchtern meine Hand reichte. Meine zierliche Hand verschwand in deiner großen, schönen und warmen Hand, und ich legte meine linke Hand behutsam auf deine rechte. Unsere Hände verweilten in diesem zärtlichen Moment, ebenso wie unsere Blicke, die ineinander versanken, ehe wir uns fest umarmten – und uns anhaltend küssten. Raum, Zeit und Umwelt schienen in diesem Augenblick zu verschwinden.
Wie groß du bist, Peter! Deine männlich-athletische Gestalt strahlte eine Anziehungskraft aus. Was hast du anfangs gesagt? Ich erinnere mich nur an den wohlklingenden Ton deiner Stimme, der mich gefangen nahm. Du batest, oder besser gesagt, du fordertest mich: „Bring mich nach Blankenese, an die Elbe!" Du hättest alles von mir verlangen können, jeden irrsten, merkwürdigsten Wunsch – ich hätte alles getan, was du wolltest. Und du? Ich wusste, dass du gleichsam fühltest. Worte waren überflüssig.

Es war, als könnten wir ein gemeinsames Geheimnis spüren.
Ich weiß nicht mehr, wie wir an die Elbe gelangten. Es war, als wären wir plötzlich dort. Da saßen wir umschlungen und blickten uns abwechselnd an und in die Weite des Stromes, auf der die riesigen Schiffe aus allen Winkeln der Erde uns Willkommensgrüße zusendeten. Du fragtest nicht, warum ich weinte. Du wusstest, dass es ein Weinen gibt, das von Glück erfüllt ist.
Wir schlafwandelten, wie von einem wundersamen Zauber befangen, traumverloren. Ich weiß nicht mehr, wie wir in meine Wohnung und schließlich in mein Bett gelangten, in dem wir uns liebten, liebten und liebten ...
Anderntags führten wir Gespräche am Frühstückstisch. Wir diskutierten den zu Ende gegangenen Prozess und ich gab Peter das Urteil zu lesen. Unsere Sympathien galten Woldemar Wuthenow, unter anderem natürlich, weil er es letztlich war, der uns zusammen geführt hatte.
„Peter", fragte ich, „meinst du, dass er alles aus Rache inszeniert hat?"
„Nicht aus Rache, Lina, eher aus einer Art von Schutzwehr. Er litt all die Jahre unter ihrem Verrat. Dem wollte er ein Ende bereiten, koste es, was es wolle. Die Psychologin hat es in ihrer Stellungnahme treffend begründet. Sie nannte es Transzendenzverrat."
„Kannst du mir das näher begründen?"
„Stell dir einen Menschen vor, der lebenslang eine hohe menschliche Moral lebte. Plötzlich wird er von einem Freund oder Freundin mit etwas konfrontiert, was er für unmöglich erachtete, was ihm unerträglich ist und unverständlich bleibt.

Es ist etwas ihm Fremdes, etwas, das nicht zu ihm passt, ein Fremdkörper, wie ein Messer im Fleisch."
„Er dürfte wohl am meisten unter ihrer Undankbarkeit gelitten haben", fügte ich an.
„Ja, und damit mit etwas ihm so weit Widersprechendes, besser noch Unfassbares, das permanent irgendwie anwesend ist, wobei der Schmerz immer wieder seine Aufmerksamkeit wider Willen in Anspruch nimmt und immer wieder erscheint. Die Traumatisierung besteht darin, dass das Ich irgendwie gelähmt wird, vielleicht auch neutralisiert. Ohne es zu wollen, erlebt der Betroffene ein ständiges Flashback."
„Aber Wuthenow ist der Carlotta Kuhl doch bei weitem in jeder Beziehung überlegen. Sie kann ihm nicht das Glas Wasser reichen. Warum konnte er sie nicht einfach abschütteln?"
„Gewissenslosigkeit ist schwer beizukommen. Der Verstand hilft nicht wirklich. Carlotta Kuhl ist dank gewissen Beziehungen zur Regionalpresse sehr bekannt und versteht sich äußerst gut zu verkaufen, zum Beispiel hat sie sich zuletzt öffentlich für die Demokratie eingesetzt. Indessen, wer sie genauer kennt, wie Wuthenow, weiß, dass sie rassistisch ist, sich selbst als Querdenkerin gerierte und auf Telegram zweifelhafte Aktivitäten entwickelte. Ihre Heucheleien machten ihm wohl jedes Mal neu zu schaffen."
„Und nochmal die Frage: Du meinst wirklich, er habe das alles von Anfang an geplant?"
„Lina, das ist nur eine Annahme. Ich will damit sagen, ich traue es ihm zu."
„Trotz des hohen Risikos für ihn?"

„Ja, er ist so intelligent und erfahren. Er wird alles abgewogen haben. Aber wie gesagt, es ist nur meine Annahme. Aber ich würde ihn, wenn ich du wäre, nie danach fragen, verstehst du mich?"
„Ich glaube ja. Du hast recht!"
Ja, so öffnete mir Peter die Augen und ich war voller Bewunderung seiner Klugheit. Peter, ich liebe dich!
Wir haben uns im Anschluss den beruflichen Plänen von Peter gewidmet und ich war glücklich, dass Peter unbedingt nach Hamburg wechseln wird. Ich sehne es herbei. Wir waren ein Paar geworden und schmiedeten an unserer Zukunft. Er zeigte mir auf, wo er sich bereits beworben hatte.
Am Mittag ging es in die Stadt zum Jungfernstieg und wir landeten schließlich auf dem Restaurantschiff „Alster III", langjähriges Flaggschiff der „weißen Flotte", heute unter dem Namen Galatea, ein italienisches exquisites Restaurant mit einem herrlichen Panoramablick auf die Binnenalster und die Stadt. Wir bestellten nur einen kleinen Imbiss, ein kleines Fischgericht vom Feinsten und verzichteten auf ein Glas Chablis, denn Peter hatte um 14.30 Uhr ein erstes Vorstellungsgespräch beim „Spiegel". Für den nächsten Tag wollten wir zum Plöner See, meine Mutter besuchen. Sie konnte es gar nicht erwarten, Peter kennenzulernen, und ich selbst war auf ihre Beurteilung gespannt. Natürlich wollte sie von uns auch alle Einzelheiten des Göttinger Prozesses erfahren.

15

Anfang November 2024

Carlottas Jugendroman stagnierte. Sie unternahm immer wieder neue Schreibversuche, aber sie konnte ihre Ideen nicht umsetzen oder diese führten in die Irre. Sie schrieb E-Mails an Fiorella nach Rom mit der Bitte um Verzeihung. Aber die ehemalige Freundin meldete sich nicht mehr und nahm Anrufe von ihr nicht entgegen.
Carlotta war teilnahmslos und wusste nichts mit sich anzufangen. Jeder Handgriff bereitete ihr Schwierigkeiten. Sie saß in ihrem Sessel und starrte ununterbrochen in die Landschaft. Zu Aktivitäten konnte sie sich nicht aufraffen. Besuche belasteten sie und ihre sonstigen Aktivitäten im Internet hatte sie fast völlig eingestellt. Detlef war überfordert und ganz ratlos.
Entsprechend den Bitten ihres Mannes und ihrer Tochter begab sie sich in eine Psychotherapie. Bei der Suche nach professioneller Hilfe zeigte sich der Freund ihrer Tochter Meysam außerordentlich hilfreich. Aber nicht nur das: Meysam bemühte sich sehr um Petras Mutter und ihm gelang wundersamer Weise, zu Carlotta einen vielversprechenden Zugang zu finden und ihr Trost zu spenden. Er sprach viel mir ihr, und er konnte sie gar mitunter zum Lachen bringen, ja, allein seine Gegenwart schien auf Carlotta geheimnisvollerweise heilsam zu wirken.

Man verordnete ihr Psychopharmaka, bedeutete ihr aber zugleich, dass eine Wirkung erst in frühestens zwei bis drei Wochen zu erwarten wäre und man das Medikament gegebenenfalls anpassen müsste.

Manchmal kam ihr der Gedanke, was wohl wäre, wenn Woldemar sie so erleben würde? Mithilfe ihrer Tochter und Meysam wie ihrer Therapeutin hatte sie ihre Hassgefühle gegen ihn zurückdrängen können. Hatte sie gar aufgrund der Gespräche vor allem mit Meysam eine Einsicht in ihr eigenes Unrecht gewonnen?

***

Eines Tages empfing Wuthenow den Anruf von Carlottas Schwester Felicita, die ihn über die traurige Entwicklung ihrer Schwester in Kenntnis setzte. Diana, Eva und er führten in der Folge Gespräche, in deren Mittelpunkt die Frage nach Verzeihung stand. Eine Einigung erzielten sie nicht. Ist es richtig, dass jeder Mensch eine zweite Chance verdiente? Es gab so viele Argumente für und wider. Wuthenow meinte, es sei auch eine Frage der Gerechtigkeit. Das, was wir undankbaren Menschen vorwerfen, sei nicht allein ihr Egoismus, sondern ihr fehlender Sinn für Gerechtigkeit, ihr fehlendes Unrechtsbewusstsein. Immanuel Kant habe es in der „Metaphysik der Sitten" wie folgt formuliert: „Wenn die Gerechtigkeit untergeht, so hat es keinen Wert mehr, dass Menschen auf Erden leben."[12]

„Du hast recht, Woldemar, aber was ist, wenn aus Saulus Paulus würde?"

„Eher ginge wohl ein Kamel durch ein Nadelöhr", antwortete Woldemar.

***

Wenige Tage später – Woldemar war gerade von einer Gerichtsverhandlung heimgekehrt und war ziemlich erledigt, weil es eine Marathonsitzung gegeben hatte – unterrichtete ihn Diana, dass Petra Kuhl angerufen und um einen Vorsprachetermin bei ihm gebeten hätte. Woldemar war nicht wenig überrascht, doch bedeutete er seiner Frau, sie möge ihr einen Termin geben.
„Was mag sie zu dir führen, Woldemar?"
„Wir werden es bald erfahren, Diana."
„Und wenn sie nun wegen ihrer Mutter kommt oder gar von ihr geschickt wird, dich um Verzeihung zu bitten? Was wirst du tun, Woldemar?"
„Das ist ein weites Feld, Liebe!"

                      Ende

Teil VI

Anhang, Brief an Irv Yalom

Anhang: Brief Dr. Wuthenow an Prof. Irv Yalom

Göttingen, Juli 2024

Sehr verehrter Herr Professor Dr. Yalom,

nachdem ich wohl fast alles von Ihren genialen Veröffentlichungen gelesen habe und ein wirklich begeisterter Liebhaber von Ihnen geworden bin –
man kann so vieles von Ihnen lernen und Ihre Romane sind ein wahrer Kunstgenuss –, umtreibt mich ein Verständnisproblem. Es bereitet mir Kopfzerbrechen. Bitte erlauben Sie, dass ich Ihnen mein Problem vortrage.

Ich will gleich in medias res gehen:

Ich las als Letztes von Ihnen: Was Hemingway von Freud hätte lernen können.
(Ja, ich kenne nur den deutschen Titel. Die Originalausgabe soll unter dem Titel „The Yalom-Reader. Selections from the Work of a Master Therapist and Storyteller" erschienen sein, Basic Books, New York, 1998. Ich glaube, irgendwo las ich, dass dieser Essay weit früher, in den 70er Jahren, in einer Zeitschrift zuerst erschienen ist.)

Oh ja, Hemingway ist ein Mythos. Richtigerweise unterscheiden Sie zwischen seinem Werk und seinem Charakter.

In Ihrer Charakteranalyse gehen sie mit ihm freilich sehr hart ins Gericht, begründen es aber auch sehr differenziert. Am Ende Ihres Essays schreiben Sie über Hemingways Ende (in der deutschen Übersetzung, Seite 57 unten): „... und dieser Ausweg, der Selbstmord, war der unehrenhafteste von allen."

Ebendiese Beurteilung von einem Psychiater, wie Sie es sind, begreife ich nicht. Daher erlaube ich mir folgende Fragen an Sie:

1. Heißt das nicht letztlich, dass Sie jeden Freitod als unehrenhaft ansehen?
2. Stehen Sie auch heute noch zu dieser Beurteilung?

Nun, angesichts der Tragödie des Endes von Ernest Hemingway scheiden sich bekanntlich die Geister:

Die meisten Hüter seines Männlichkeitskults meinen, seine Entscheidung, sich selbst zu töten, zeuge von Mut, besonders wenn man den unwiederbringlichen Verlust seiner Schreibfähigkeit bedenke.

Im Gegensatz dazu erkannten seine Widersacher darin den endgültigen Beweis, dass sein Leben schon immer eine Lüge gewesen sei.

Ich will kein Geheimnis daraus machen, dass mir das Leben von Ernest Hemingway imponiert und ich der ersten Gruppe zuzurechnen bin.

Ich habe nahezu alle gängigen Biographien über Hem oder, wie er sich selbst gern nennen ließ, über „Papa" mit größtem Interesse studiert – u. a. Carlos Baker natürlich und auch S, Lynn und auch die Memoiren seiner vierten

Ehefrau Mary Welsh [Wie es war], selbstverständlich auch Hotchner [Papa Hemingway] – und ich sehe einen überaus paradoxen Menschen, einen oszillierenden Charakter zwischen dem Höchsten und eben auch dem Tiefsten, wenn wir versuchen, ihm Moral und Ethik als einen Gradmesser anzulegen. Doch wie man angesichts seines gesundheitlichen, physisch wie psychischen, Niederganges seinen verzweifelten „Freitod" als „unehrenhaft" beurteilen kann, will mir nicht in den Kopf.
Bitte verübeln Sie es mir nicht: Ich erhebe gegen Ihre Bewertung Widerspruch!
Mögen Sie bitte meine Offenheit als einen Diskussionsbeitrag verstehen.
Aus meiner Sicht berührt Ihr Verdikt – wie sollte es denn anders begriffen bzw. verstanden werden? – jedes Jahr hunderttausende Menschen und es sollte gerade aus Ihren reichhaltigsten beruflichen Erfahrungen und herausragenden Fähigkeiten und auch dem tragischen Schicksal und so mutigen Entschluss Ihrer berühmten und werten Gattin Marilyn Yalom so nicht aufrechterhalten bleiben.
Ich wäre Ihnen sehr, sehr dankbar, wenn Sie meine Betrachtung mit einem kurzen Wort bedenken würden.

Mit verehrungsvollen Grüßen

Dr. Woldemar Wuthenow
Rechtsanwalt u. Notar a. D.

Teil VII

Disclaimer

Dieser Roman ist eine Autofiktion. Das Buch dient der Unterhaltung, gern auch der öffentlichen Kritik oder der Diskussion über das Phänomen des zwischenmenschlichen Umgangs. Kurz: Es spricht ausschnittsweise vom Ich und vom Anderen.

Fast alle Geschehnisse sind erfunden. Weder gab es den Angriff des Rechtsanwaltes noch eine Gerichtsverhandlung. Andere wenige Ereignisse sind tatsächlich passiert, dokumentiert und belegbar. Aus Gründen der Fairness sind insoweit betroffene Personen anonymisiert und Zeit und Ort verändert oder erdichtet. Wer sich gleichwohl wiederzuerkennen meint und sich ungerechtfertigt dargestellt fühlt, mag seinen Anspruch unumwunden vortragen.

Teil VIII

Anmerkungen, Quellen

1. Irvin D. Yalom: Was Hemingway von Freud hätte lernen können; Verlagsgruppe Random House,7. Aufl. 2003, S. 26 ff Ernest Hemingway: Eine Psychiatrische Betrachtung.
2. Yalom *a.a.O S. 57 unten.*
3. *Ring of Fire ist ein Country-Song aus dem Jahr 1963, der von June Carter und Merle Kilgore geschrieben* wurde. Das Lied war Johnny Cashs größter Erfolg in den Country-Charts und wurde zu einem der populärsten Titel des Genres.
4. Deutsch:
   Liebe ist eine brennende Sache
   Und es macht einen feurigen Klang.
   Gebunden durch wildes Verlangen
   Ich bin in einen Feuerring gefallen.
5. Deutsch:
   Ich fiel in einen brennenden Feuerring
   Ich ging runter, runter, runter
   Und die Flammen stiegen höher
   Und es brennt, brennt, brennt
   Der Feuerring ...
6. Das Fritz Haarmann Liedchen. Das Operettenliedchen von Walter Kollo stammt aus dem Jahr 1923. Ein Jahr

später hatte der Volksmund einen ganz anderen Text auf diese Melodie gedichtet:

„Warte, warte nur ein Weilchen ..." mit diesem Lied wurde Fritz Haarmann, dem „Werwolf von Hannover", ein makabres Denkmal gesetzt. Er hat von 1918 bis 1924 mindestens 24 junge Männer bestialisch ermordet und die Leichen zerstückelt.

7. Der *Kachelmann-Prozess* war ein Strafverfahren gegen den Wettermoderator Jörg Kachelmann in Deutschland in den Jahren 2010 und 2011. Die Staatsanwaltschaft Mannheim und die Nebenklage warfen Kachelmann eine besonders schwere Vergewaltigung an seiner Geliebten vor. Kachelmann bestritt diese Vorwürfe und wurde am 31. Mai 2011 vor dem Landgericht Mannheim freigesprochen.

8. Jose Ortega Y Gasset, spanischer Philosoph und Schriftsteller, 1883 bis 1955;
„Der Intellektuelle und der Andere", Essay in Gesammelte Werke Deutsche Verlagsanstalt Stuttgart, Band IV Seite187f.

9. Y Gasset: vgl. a.a.O Seite 188.

10. Begriff des dt. Schuldrechts; er bezeichnet die Gegenseitigkeit von Leistungspflichten und deren Verknüpfung im Rahmen eines gegenseitigen Vertrages, z. B gemäß §§ 320 ff. BGB.

11. Das Adhäsionsverfahren ermöglicht es dem Opfer einer Straftat bereits im Strafprozess gegen den Täter zivilrechtliche Ansprüche durchzusetzen ohne hierfür ein zusätzliches Zivilverfahren bestreiten zu müssen. Geschädigte können sich also einen doppelten Kraftakt

ersparen, indem sie ein solches Verfahren beantragen. Das Strafgericht kann den Antrag aus vielfachen Gründen ablehnen.
12. Albert Camus, franz. Schriftsteller und Philosoph; Quelle: Der Fall, Deutsch von Guido G. Meister. © Rowohlt Verlag 1957. Bibliothek Suhrkamp, 1965. S. 55
13. Begriff aus Rechtswissenschaft und Philosophie: Die CSQN-Formel besagt, dass eine Handlung oder Unterlassung dann als kausal angesehen werden kann, wenn sie eine Bedingung für das Eintreten des Erfolgs war. Mit anderen Worten: Eine Handlung oder Unterlassung ist kausal, wenn der Erfolg ohne sie nicht eingetreten wäre
14. NJW = Neue Juristische Wochenschrift
15. AG Northeim: Pkw-Schaden beim Einfangen einer Kuh. Urteil vom 02.10.1995 – 3 C 420/95, Urteil in Versen durch den Richter am Amtsgericht Bernhard Menge; in NJW 1996, 1144: Klägervertreter war der Autor dieses Buches, dessen humorvolle Klageschrift zu dem Urteil in Gedichtform animierte und in den Tatbestand übernommen wurde. Nachlesbar im Internet unter: Kuh – recht-im-reim.de; mit Tatbestand unter: https://rabüro.de › wie-man-es-dreh...
16. BGH= Bundesgerichtshof: vgl. u.a. Beschluss vom 11.8.2009 – 3 StR 175/09. Ein hinterlistiger Überfall setzt voraus, dass der Täter seine Verletzungsabsicht planmäßig verbirgt. Allein, dass der Angeklagte den Angriff von hinten ausführte und dabei ein Überraschungsmoment ausnutzte, begründet keine Hinterlist im Sinne von § 224 Abs. 1 Nr. 3 StGB.